채비

# 채비

• 김순신 수필집

정출판

# 제2의 인생열차에 오르며

정년퇴임을 자축하며 새 출발하는 의미로 수필집의 제목을
《채비》로 정했다.

제2인생의 채비는
채울 것은 채우고
비울 것은 비워내어
잘 여문 알곡으로 익어 완덕으로 가는 인생이고 싶다.

지나온 교직인생은 감사와 보람이요
새로운 인생은 기대와 설렘이다.
이제 가벼운 옷차림과 감사, 건강을 챙기고
제2의 인생 열차에 오르려 한다.
무사히 열차의 종착역에 이르러
하느님 품 안에 안기는 그날까지
'수필가'라는 이름으로 살 수 있기를 소망해 본다.

지난 40년 동안 교직인생을

최고의 아름다운 삶으로 마무리할 수 있도록 힘이 되어준

여러 학생, 학부모님, 동료, 부모님, 가족, 친지에게 감사의

마음을 전하며 이 책을 바치고 싶다.


더불어 발문을 써주신 김양훈 선생님께도

감사의 마음을 전하며

읽는 이가 잠시 쉼으로 새로운 채비의 힘을 얻기 바라본다.


2018년 7월 애월읍 구엄리에서

김순신

• 차 례

## 제1부 여행의 미학

## 제4부 사랑하는 당신께

# 1부 여행의 미학

삶이 무거울 때 여행을 떠나 보라.
자신을 풀어놓고 감성으로 만나고 느끼라.
사고와 가치의 틀을 녹여 세상에 흐르게 하라.
그곳과 하나 되어 그 안에서 자유롭게 유영하라.

# 채비

　인생 최고의 아름다운 길, 보람의 길을 무사히 잘 걸어왔다. 이제 그 길은 끝이 나고 새로운 길로 접어든다. 40여 년 동안 달려온 교직인생 열차에서 내려 제2의 열차에 탑승할 채비를 한다. 가벼운 옷차림과 꼭 필요한 것만 챙기면 된다. 달려온 인생나무에는 감사와 보람의 열매가 주렁주렁이다. 생기 넘치고, 순수하고, 생각이 무한하고, 변덕스럽고, 발칙하고, 종잡을 수 없고, 때론 어른보다 더 어른스러운 아이들과 함께할 수 있었던 지난 시간은 축복이었음을 고백한다. 그들과 좌충우돌하며 교실에서 열정을 쏟았던 시간들이 추억과 보람이라는 열매로 돌아왔다. 긴 교직생활을 무사히 마치고 종착역에 도착할 수 있음에 감사하다. 그동안 함께했던 많은 학생, 선생님, 학부모님을 비롯해서 가족들, 친지들 모두 고맙다. 하지만 다른 기차에 오를 것을 생각하니 기쁘기만 한 것은 아니다.

새로운 삶에 대한 약간의 두려움 때문이다. 그러나 기대하고 설레는 마음이 더 크다.

  지난 교직생활이 열정의 삶이었다면, 다가오는 제2의 삶은 '채비'의 삶으로 살고 싶다. 채비는 두 가지 의미를 담았다. 하나는 사전적 의미인 준비하는 삶이요, 또 하나는 채움과 비움을 이르는 말이다. 남은 생을 잘 살아가기 위해 준비하고, 그것을 위해 채울 것은 채우고 비워야 할 것은 비우는 삶을 그려 본다.
  '채비'라는 영화를 본 적이 있다. 발달장애를 가진 아들을 둔 어머니가 살날이 얼마 남지 않았음을 알고 아들에게 혼자 살아갈 수 있도록 준비시키는 과정을 그린 영화다. 어머니는 세상과 이별할 채비, 아들은 세상과 만날 채비를 하는 과정을 그리고 있다.

  우리네 삶은 늘 채비의 반복이다. 먼 길을 걷기 위해서는 배낭을 챙기고 운동화 끈을 조여 매듯이 미래를 위해서 채비를 해야 한다. 퇴직하게 되니 버킷리스트, 관계, 봉사, 일, 여가, 건강, 죽음 등 생각해야 할 항목들이 많다. 머리가 복잡해지고 긴장이 된다. 좀 더 느슨하게 생각하기로 한다. 당장 발걸음을 내딛는 것보다 방향이 먼저다.

'늙어 가는 것이 아니라 익어 가는 것'이란 말은 한편으로 위로가 되지만, 쭉정이가 아니고 속이 찬 알곡으로 여물어 익어가야 한다는 전제가 깃든 말이다. 알곡으로 잘 익어 가는 인생은 복된 인생이다. 낟알 하나가 땅에 떨어져 죽으면 수십 배의 수확을 얻을 수 있듯이 인생도 그렇다. 알곡이 되기 위해 적당한 양분, 햇빛과 물, 바람 등이 필요한 것처럼 익어 가는 인생을 위해서도 채움과 비움의 균형이 필요하다.

인생 2막에서 채워야 할 것들을 생각해 본다. 가장 중요한 것이 감사다. 감사야말로 행복의 원천이 된다. 온갖 부귀영화를 다 누려도 감사하는 마음이 없으면 속 빈 강정이다. '매사에 감사하라.'는 성경구절을 좋아한다. 어떤 상황에서도 감사함을 찾아낼 수 있는 사람은 행복하다.

그 다음은 지혜다. 지혜는 나이와 비례하지 않는다. 인문학적 지식과 사고에서 나온다. 매 순간을 선택하며 살아야 하는 현대인들에게 지혜를 채우기 위한 독서는 필수다. 인식의 세계를 넓혀 갈 때 새로운 세상을 만날 수 있다. 내 안의 틀을 넘어서려면 똘레랑스관용가 필요하다. 똘레랑스의 눈으로 사유의 시선을 한곳에 고정시키지 않는 인식의 노마디즘을 추구할 때 진정 자유로워진다.

머리로 아는 것을 가슴을 통해 팔다리로 이어지는 삶을 살아 보련다. 공부를 통해 내 안에 있는 완고한 틀을 깨뜨리는 망치를 얻을 것이며 그 망치로 틀을 깨고 나와 영혼의 자유 안에서 현장을 살아내고 싶다. 이성의 뿌리를 곧추세우면서도 감성의 풍성한 이파리들을 키워내고 싶다. 그러기 위해서 고전에 뿌리를 둔 독서와 자연을 가까이할 요량이다.

비움의 삶을 떠올리면 법정스님의 무소유가 떠오른다. 불필요한 것을 갖지 않는 삶, 미니멀 라이프를 지향한다. 필요하다고 생각한 익숙한 물건들에 대한 집착을 버리고 하나씩 연을 끊어 가는 것도 비움이다. 언젠가 찾아올 죽음을 맞이할 채비도 결국은 비우는 것이다.

성경구절 '행복하여라, 마음이 가난한 사람들! 하늘나라가 그들의 것이다.(마태오복음 5,3)'라는 구절을 가슴에 새기며 영적인 가난을 위해 겸손의 갑옷을 입고 자비의 신발을 신을 것이다. 그래서 섬김을 받기보다 섬기는 삶의 현장에 서서 손과 발을 아끼지 않을 것이다. 하느님을 섬기며 하느님 보시기에 좋은 삶을 살다가 부르시면 하느님 품으로 가는 것이 소원이다.

인생의 채비는 삶과 죽음을 준비하는 것이다. 삶을 준비하는 것은 채움이요, 죽음은 준비하는 것은 비움이다. 삶과 죽음 사이에 채워야 할 것은 한마디로 사랑이다. 사랑으로 채우고 그 사랑이 흘러넘치게 둑을 허무는 일을 반복하는 것이 채비이다.

우리 학교 학생들, 선생님들과 눈 맞춤을 할 수 있는 시간이 얼마 남지 않았다. 담담한 마음이 되려고 짐짓 아무렇지도 않은 듯 마음을 추스르지만, 벌써 짠한 섭섭함이 자리한다.

가벼운 복장으로 이제 제2의 인생기차에 오른다. 기차는 서서히 움직인다. 손 흔들어 주는 많은 이들이 아른거린다. 눈물 나도록 고맙다.

(2018. 7.)

# 비교하는 순간

시골 마을로 들어선 버스는 조금 가파른 동산을 오르더니 공터에 멈추었다. 좁은 골목길을 걸어 내려가니 동굴호텔이라는 대문을 만났다. 동굴 속을 호텔방으로 꾸몄다니 궁금하기도 하고 꼭 한번 자 보고 싶었다. 그리 넓지 않은 마당에는 방으로 연결된 계단이 여럿 있다. 지금까지 봐 왔던 호텔과는 다르다. 넓은 로비도 없고 복도도 없다. 각기 방으로 가는 길이 다르다.

가이드가 방 번호 제비뽑기를 한다고 방 대표를 불러 모은다. 방마다 시설이나 규모가 다르기 때문에 방에 대한 불평불만을 없애기 위한 가이드의 전략이었다. 남편은 나를 방 대표로 보내며 파이팅을 외친다. 꽝이 없는 제비뽑기지만 순간 좋은 방이 되었으면 좋겠다는 바람으로 가슴이 술렁거렸다. 이내 하룻밤 자는데 아무러면 어떠냐는 생각으로 열쇠 하나를 잡았다. 노란색 청동에 126이라는 글자가 선명하다. 청동열쇠의 무게가 호텔의 역사와 품격을 말해 주는 듯했다. 왠지 좋은 방일 것 같은 예감이 들었다. 좋은 방이 아니어도 내가 선택한 방이니 어쩔 수 없다.

방문을 여는 순간 포근함과 아늑함이 풍겼다. 방의 모습이 한눈에 들어왔다. 낮은 천장과 따뜻한 대리석 바닥, 조화롭게 배치된 가구와 장식, 어느 것 하나 허투루 놓인 게 없었다. 방 입구 오른쪽은 바닥보다 두 계단 정도 높은 공간에 담소를 나눌 수 있게 만들었다. 터키 고유 문양의 양탄자와 좌식 찻상과 두툼한 등받이가 잘 어울렸다. 더 안쪽에는 소파와 테이블, 그 위에 찻잔과 차, 포트까지 정성스런 손길이 미쳤음을 느낄 수 있었다. 벽은 은회색의 암벽이다. 동굴 내부에 있다는 것이 실감이 나지 않았다. 벽 틈에서 나오는 조명 빛이 아름답다.

벽난로 안에는 장작 몇 개가 불타오르기를 기다리고 있었다. 화장실 쪽 문을 여니 화장대와 변기, 월풀 욕조가 있다. 고품격 방임을 느낄 수 있었다. 이 정도면 품격, 시설 대만족이다. 제비뽑기를 잘했다는 생각에 우쭐해진다. 남편도 '당신이 제비뽑기를 잘했다.'면서 하이파이브를 쳐 준다.

어떤 이가 썼는지는 모르지만, 죽기 전에 해야 할 100가지 버킷리스트 중에 '동굴호텔에서 하룻밤 자기'를 본 적이 있다.

내가 그 주인공이 되어 이렇게 좋은 방에서 하룻밤을 자게 되었으니 이런 복이 또 어디 있나 싶었다. 그 순간 감사하고 행복했다.

이 동굴호텔의 유래 또한 특별하다. 그리스도교 박해 당시 기독교인들은 데린구유에서 지하도시를 만들어 생활했다. 박해가 끝난 후에는 그 후손들이 괴뢰메에서 동굴생활을 했다. 탄압을 피하여 이곳 카파도키아라고 불리는 곳으로 이주해 온 기독교인들은 응회암의 동굴을 파서 그 안에서 수도생활을 했다. 지금까지도 약 6,000개의 동굴 수도원이 남아 있다고 한다. 이 호텔로 오기 전 괴레뫼 야외 박물관에서 그 실체를 보았다. 동굴 수도원 벽에 남아 있는 프레스코화에서 그리스도인들의 삶의 흔적과 숨결이 느껴지는 듯했다.

창조보다 더욱 값진 것이 계승 발전이다. 뿌리가 깊어야 흔들리지 않는 나무처럼 동굴호텔은 인류가 존재하는 한 오래오래 남을 것이다. 콘스탄티누스 황제의 칙령으로 종교의 자유는 어느 정도 인정받아 지하도시에서 나올 수는 있었지만, 황량한 땅에 당장 살 집을 지으려니 아무것도 없었기에 응회암 동굴을 만들 수밖에 없었다고 한다. 그 동굴 주택들이 지금은 일부 폐허가 되기도 했지만, 일부는 주거지로도 사용하고 일부는 이렇게 아늑하고 편안한 호텔로 변신했으니 이것이 계승 발전이 아니고 무엇인가.

동굴호텔의 안락함을 누리며 차 한 잔을 하려는데, 옆방에 든 모녀가 방 구경을 왔다. 우리 방을 여기저기 둘러본 모녀는 자랑스러운 목소리로

"이 방도 좋긴 한데 우리 방이 좀 더 좋네요. 우리 방 한번 구경 오세요." 한다.

옆방은 우리 방과는 규모와 구조 자체가 달랐다. 넓이도 훨씬 넓고 편의시설도 더 많다. 우리 방과는 달리 더블침대가 두 개다. 한쪽에는 가족끼리 족욕하면서 와인을 마실 수 있는 시설, 터키식 찜질방 하맘도 있다. 우리 방이 여관이라면 이방은 별이 다섯 개인 호텔이라 할 정도다. 다른 방들도 구경을 했다. 각기 방 모양이나 시설이 조금씩 달랐다. 모두가 하룻밤 묵어가기엔 부족함이 없는 방이다. 다른 방을 보지 않은 사람들은 자기네 방이 제일 좋은 방인 줄 알고 모두가 만족스러운 표정이다. 모르는 게 약이다. 나도 옆방 구경을 괜히 했다는 생각을 했다. 옆방과 비교하는 순간 감사하고 행복하다는 생각은 사라지고, 옆방 모녀가 부러움의 대상으로 바뀌었으니 말이다.

고등학생 딸과 같이 온 어머니는 딸이 자기네 방이 제일 나쁜 방이라고 하면서 우는 바람에 가이드 방과 맞바꾸었다는

말도 들었다. 비교가 불러온 결과였다. 아예 다른 방을 볼 생각을 하지 않았다면 모두가 자기 방이 최고 좋은 방인 줄 알고 만족했을 것인데…….

다음 날 옆방 모녀에게 그 방의 시설들을 다 사용했느냐고 물어보았다. 모녀는 씻고 잠자리에 들어서 안에 시설을 다 사용해보지도 못했다고 했다.

남들과 비교하는 순간 우리는 얻는 것보다 잃는 것이 많다. 행복감, 만족감, 충만감, 감사함이 사라지는 때는 비교에서 우위에 있지 않음을 느낄 때이다. 필자도 하룻밤 자고 가는 호텔이 아무러면 어떠랴 하는 마음으로 제비를 뽑았고, 방에 만족하고 행복했었는데 옆방을 보는 순간 행복감은 사라졌다. 남편과 하이파이브를 하며 좋아했던 감정이 나중에는 부러움으로 변하였다.

비교하면 절대 행복해질 수 없다는 진리를 모르는 바 아니다. 그러나 우리는 늘 비교하고 비교당하면서 산다. 가까이는 이웃과 친구, 친척이고 멀게는 세계의 모든 것들과 비교한다. 끊임없이 비교 대상과 저울질을 하며 어느 쪽으로 기울어지느냐에 따라 희비가 엇갈리는 게 우리네 인생이다. 상대적으로 좀 더 낫다고 느끼면 다행이고, 못하다고 느끼면 불만이다.

많은 사람들이 그 불만에 가려 가진 것도 못 누리는 어리석음을 불러온다.

　동굴호텔의 방 규모와 그 안의 시설이 조금씩 다르듯이 우리네 삶도 그러하다. 인생은 어쩌면 하룻밤 자고 떠나야 하는 동굴호텔의 투숙객과 같은 것이다. 내가 처한 지금의 환경이 하룻밤 자고 가는 호텔 방이라고 여기며 남과 비교하지 말고 그 안에서 충분히 누릴 일이다. 서로 다른 방 안에서 안락함을 충분히 누리면 그게 만족이고 행복이다. 남보다 좀 더 나으면 어떻고 좀 더 못하면 어떠랴.

(2016. 제주문학)

# 돌을 만나다

햇살이 달콤하고 바람은 다정하다. 이런 날은 눈에 비치는 모든 것들이 더 정겹고 사랑스럽다. 작은 풀꽃과 나무, 돌과 바람, 그들의 숨결과 내통하는 일은 은밀한 행복이 아닐 수 없다.

자존심으로 늘 스스로 대견하다고 다독이며 숨 가쁘게 살다가도 때로는 힘에 부칠 때가 있다. 사람에게서 상처받고 그 상대가 미워질 때 나를 위로해 주는 것은 사람이 아니라 자연이다. 자연은 무언으로도 깨우침을 주고 선 자리에서도 지친 어깨를 토닥거릴 줄 안다. 삶이 버거움으로 다가올 때 오름, 올레길, 산, 바다, 박물관을 찾는다. 구구절절 사연을 풀어놓지 않아도 이들은 내 마음을 읽는다.

추석연휴에 찾은 돌문화공원은 억새 깃발이 환호하며 웃고 있었다. 지난 일들을 잊으라는 것이다. 냉정하게 자신을 돌아보라는 다독임이다. 상처도 살아가는 데 필요한 약이 될 수 있다고 위로한다.

매표소를 지난 입구부터 좁은 숲길이라 좋다. 햇살이 숲 사이를 넘나들며 반짝거린다. 마음의 단추도 하나씩 풀린다. 유난히 옹이가 많은 나무가 휘어진 몸으로 아는 체를 한다.

'너, 참 고생 많았구나.' 옹이를 쓰다듬어 준다. 가슴에 옹이 하나 없는 삶이 어디 있으랴. 그 옹이가 인생의 진주가 될 수도 있음을 안다.

전설의 통로에 들어서는 순간 거대한 석상들이 양옆에서 반긴다. 보기만 해도 든든하다. 아무것도 하지 않고 곁에 서 있기만 해도 든든해지는 사람을 떠올려 본다. 누군가 쌓아 놓은 소망의 작은 돌탑 위에 소망 하나 올려놓는 순간 와르르 무너져 버린다. 남의 소망까지 허물어 버린 셈이다. 작은 것 하나 더 없는 게 대수롭지 않다지만 때론 미리 쌓은 공든 탑 마저 무너뜨릴 수 있다. 미안한 마음에 더 숨죽여 다시 처음부터 하나하나 올려놓았다.


하늘연못을 만났다. 설문대할망의 죽 솥과 한라산을 형상화해서 만든 원형 수상무대다. 연못에 하늘이 잠겨 밀어를 나눈다. 물결이 파르르 사랑을 보내면 하늘도 잔물결로 화답하고, 하늘이 꽃구름을 선사하면 연못은 기꺼이 품는다. 하늘이 울면 연못도 울고, 눈을 감으면 연못도 고요히 잠이 든다. 이렇게 연못은 자신보다 더 넓은 하늘을 품고 매일 하나가 된다.

지하에 있는 자연석 형상들을 보면 감탄이 절로 나온다. 그 형상들이 인간능력을 뛰어넘는 것이어서 놀라울 뿐이다. 다양하고 기기묘묘한 형상들을 보면서 자연의 신비와 위대함을 느낀다. 표정이 담긴 두상들을 보니 그리 밝은 표정은 아니다. 온화한 미소를 띤 부처의 표정이나 방긋 웃는 표정은 아직 없었다. 사람의 표정도 마음의 거울이라 어떤 마음으로 세상을 사느냐에 따라 달라질 수 있다. 죽은 사람의 표정도 각기 다른 이유가 거기에 있다.

야외 전시장은 제주의 향기가 가득하다. 돌담으로 이어지는 초가집, 올레골목과 정낭 등을 만나니 어린 시절 살았던 초가집과 올레가 떠올라 아련한 추억 속으로 빠진다. 어릴 적 동네에서 허벅으로 물을 길어 왔던 일이며, 장독대의 항아리와 뒤뜰 붉은 앵두나무도 그리워진다. 지금에 비하면 물질적으로 부족하고 가난했던 시절이었지만, 결코 불행하지 않았던 아름다운 추억이다.

정주석에 걸쳐 놓은 정낭을 보며 옛 제주인의 지혜를 생각했다. 세 개의 구멍에 정낭을 이렇게 걸어 놓느냐에 따라 주인이 있고 없고를 나타내었으니 기막힌 소통법이 아닐 수 없다. 정낭은 제주의 삼무三無 즉, 도둑, 거지, 대문이 없던 시대의 유물이 되어 버려서 안타깝다.

너른 잔디밭 위에 나란히 정렬된 제주옹기들이 발길을 사로잡는다. 각 가정에서 썼던 물항물을 담는 항아리과 장항장을 담는 항아리, 쌀항이 모두 여기로 모였나 보다. 제주옹기는 투박하지만 숨 쉬는 항아리이다. 탄소와 함께 각종 미네랄 성분과 원적외선까지 함유된 좋은 흙으로 제작되어 세균의 번식을 막고 발효가 잘되는 기능성 항아리이다.

제주 하면 떠오르는 것 중의 하나가 돌하르방이다. 현무암으로 만들어서 색이 어둡고 표면에 구멍이 많아 투박하지만, 정감이 간다. 외국인에게 작은 돌하르방을 선물하면 아주 좋아한다. 머리에 벙거지를 쓰고 빙긋이 웃는 것 같기도 하고, 뭐라고 말을 하는 듯도 하다. 코가 넓적하여 인품이 어질 것 같고 어떤 투정도 다 들어줄 것 같은 푸근한 모습이다. 큰 눈으로 사방을 보며 불의를 용납하지 않겠다는 듯 떡하니 서 있는 모습을 보면 정의의 수호신 같기도 하다.

돌, 그 이름 안에는 쉽게 시류에 넘어가지 않는 고집과 인내와 무게가 담겨 있다. 세태나 상황에 따라 변덕이 죽 끓듯 한 세상에 돌은 말한다. 어디에 있든지 본성을 잃지 말라고.

(2016. 2. 한국수필)

# 달 항아리의 무늬

오래전 친구로부터 항아리를 선물로 받았다. 생일 선물로 도자기를 받은 것은 처음이었고 나의 보물 1호가 되었다. 유백색이 아닌 약한 청자색 바탕에 매화꽃이 그려져 있다. 화려하지 않으나 바라보고 있으면 매화꽃이 조용히 미소 짓는 듯하여 편안해진다. 선반 위에 빈 채로 두고 보다가 어떤 때는 외로워 보여 꽃을 안겨 주기도 한다. 꽃이 없거나 있거나 볼 때마다 그 친구를 생각하게 된다. 이렇게 오래 두고두고 볼 수 있는 도자기를 선물한 친구가 새삼 고마워진다. 아마 다른 것을 선물했으면 벌써 잊었을지도 모른다. 20여 년 동안 늘 집 안에서 나를 지켜보아 온 달 항아리를 다시 생각하게 된 것은 모 평론가의 인문학 강의 때문이다.

달 항아리는 흰 바탕의 백자가 마치 둥근 달 같다 하여 그렇게 불린다. 달 항아리는 다른 도자기에 비해 높이나 지름

둘레가 크기 때문에 물레로 한 번에 도자기 형태도 만들어 구워낼 수가 없다. 반쪽짜리 대접 모양을 만들어 말린 후 다시 접합하여 하나의 달 항아리를 만드는 것이다. 그러다 보니 위아래, 양쪽이 완벽하게 균형이 맞지 않을 수도 있다. 그런 백자 달 항아리를 보고 미술사학자 최순우(1916~1984) 선생은 "아주 일그러지지도 않았으며 더구나 둥그런 원을 그린 것도 아닌 이 어리숙하면서 순진한 아름다움에 정이 간다."라고 말했다. 우리 집에 있는 항아리도 그리 크지는 않지만 볼수록 정이 가는 것이 사실이다.

백자 달 항아리는 주로 조선시대부터 만들어졌는데 우리나라에는 많이 남아 있지 않아 그 소중함이 더하다. 달 항아리는 대부분 왕실이나 사대부 집에서 사용되었다. 왕실의 큰 행사 때 술을 담아 두거나 꽃을 꽂기도 하였다고 한다.

우리나라 삼성가의 리움 박물관은 다른 나라에 가 있는 문화재들을 다시 들여오는 데도 앞장서는 것으로 안다. 조선의 달 항아리는 리움 미술관에도 있고 영국의 대영박물관, 일본의 오사카 시립 동양도자 박물관에도 있다. 우리의 문화재들이 다른 나라로 유출된 상황에서 18세기의 작품이 우리나라에 남아 있는 것만으로 다행이라는 생각이 든다.

우리의 달 항아리가 주목받게 된 것은 영국의 도예가 '버나

드 리치'에 의해서다. 조선시대의 달 항아리를 보고 '현대 도예가 나아갈 방향을 조선도자기가 가르쳐 주고 있나.'고 극찬한 것이다. 그가 달 항아리를 안고 가면서 '나는 행복을 안고 갑니다.'라는 말을 했다니, 조선의 달 항아리가 얼마나 소중한 것인지 자랑스러울 뿐이다.

리움 미술관에 있는 달 항아리는 국보 제309호의 백자호이다. 크기는 높이 46.5센티미터, 몸지름 42센티미터, 입구지름 21센티미터, 밑지름 17센티미터이다.

이 달 항아리에는 독특한 무늬가 있다. 무늬를 자세히 보다 보면 몸체 아랫부분과 가운데가 짙은 갈색 또는 옅은 갈색의 무늬가 보인다. 추상적 무늬라 보는 이의 생각에 따라 다르게 해석되겠지만, 하늘의 구름 같기도 하고 호수의 배나 오리 같기도 하고 이 둘이 합쳐진 듯도 하다. 장인이 그런 무늬를 만들었다면 대단한 기술이라는 생각을 했다.

그 무늬는 처음부터 있었던 것이 아니었다. 그야말로 백자 달 항아리였다. 삼성가에서 이 달 항아리를 살 때 '이 무늬가 마음에 안 들면 지워드리겠습니다.'라는 말을 했다고 한다. 무늬를 지우면 그야말로 온전한 백자 달 항아리가 될 것이지만, 그 말을 들은 이건희 회장은 '항아리에 묻은 때까지도 그대로 두라.'고 하였다고 한다. 故 이병철 회장의 안목처럼 아들도 수준급임을 짐작할 수 있는 부분이다.

무늬의 답은 '겉볼안'과 관계가 있다. 겉볼안이라는 말은 겉을 보면 안을 안 보아도 알 수 있다는 말인데, '과연 그 항아리의 무늬가 안과 어떤 인연이 있을까?' 하는 의구심이 생겼다.

그 무늬는 오동나무 기름이 만들어낸 것이었다. 오직 한평생을 오동나무 기름을 품은 덕에 조금씩 밖으로 스며 나온 것이다. 혼을 담은 도자기 장인의 숨결 위에 오동나무 기름과 함께했던 긴 시간이 이제 달 항아리의 아름다운 무늬로 부활한 것이다. 이 부분에서 강사는 사람의 얼굴도 이와 같아야 한다고 했다. 달 항아리의 무늬와 사람의 무늬를 비유하는 것이 엉뚱한 것 같지만, 기막히다는 생각을 했다.

사람도 얼굴을 보면 그의 안을 알 수 있다. 어떻게 살아왔는지, 어떻게 사는지를 짐작할 수가 있다. 아름다운 무늬를 간직할 수도 있고 그렇지 않을 수도 있다. 필자는 얼굴을 보고 안을 들여다볼 수 있는 경지에 이르지 못해서 가끔 사람에 대하여 실망하기도 한다. 사람을 보는 안목이 깊은 사람은 그의 얼굴을 보고도 그 사람을 안다. 화장기 없는 얼굴에서도 그의 인품을 읽어낼 수 통찰력을 갖는 일은 도자기의 아름다움을 발견하는 것보다 더 어려운 일이다.

아브라함 링컨의 '40세가 되면 자기 얼굴에 책임을 져야 한다.'는 말처럼 자신의 얼굴에 어떤 무늬를 새길 것인지는 자신의 몫이다. 안에서 조금씩 스며 나와 달 항아리의 표면 무늬를 만들듯 사람의 얼굴 무늬도 안에서 나오는 법이다. 우리의 내면에 있는 탐욕이 스며 나온 사람도 있고, 그걸 조절하여 자비와 사랑의 무늬를 만드는 사람도 있다. 한세상 풍파를 다 겪어내고 비로소 겸손을 새긴 얼굴도 있다.

친구가 준 항아리를 유심히 바라본다. 그녀의 화장기 없는 얼굴에 미소가 퍼지고 나의 항아리도 미소 짓는다.

(2016. 제주수필)

# 디오니소스적인 삶을 꿈꾸며

니체는 모든 예술을 아폴론적 예술과 디오니소스적 예술로 나누어 불렀다. 건축, 조각, 회화처럼 형태가 있는 조형예술은 이성理性과 지성知性을 담당하는 아폴론의 이름을 붙여 아폴론적 예술이라 했다. 반면 음악, 춤 등의 무형예술은 야성과 충동과 광기를 가진 디오니소스의 이름을 붙여 디오니소스적 예술이라고 불렀다. 디오니소스적 예술은 도취의 예술로 그 에너지는 야성, 충동, 광기이다.

'그럼 문학은 어디에 속할까?' 하는 생각이 들었다. 아마도 아폴론적 예술에 더 가깝지 않을까 여겨진다. 한 편의 문학 작품을 탄생시키기까지 이성과 지성을 동원해야 함은 물론 오랜 시간 작품과 씨름하는 과정이 필요하기 때문이다. 섬광처럼 번뜩이는 순간의 광기가 문학 작품으로 탄생되는 일은 거의 없다.

한 개인 안에도 아폴론적 에너지와 디오니소스적 에너지가 존재한다. 어느 쪽을 더 많이 사용하느냐 차이일 뿐이나. 이성과 지성을 추구하는 삶도 있고 '지금 – 여기'에서의 삶을 야성으로 살아내는 사람도 있다. 나의 삶은 극히 아폴론적 삶이다. 그래서 나의 글 역시 이성과 지식의 틀을 벗어나지 못하고 있다. 두 에너지의 조화로운 사용이 바람직하나 야성보다 이성이 항상 이기고 만다.

얼마 전에 니코스 카잔차키스의 〈그리스인 조르바〉를 읽으면서 조르바에게 점점 빠져드는 경험을 했다. 그의 삶의 방식은 극히 디오니소스적이라는 생각이 들었다. 내면 깊은 곳 영혼이 시키는 대로 행동하고 지금-여기에서의 삶을 살아낸다. 그의 행동은 때때로 상식적이지 않고 때로는 엉뚱하고 때로는 재미있기까지 하다. 그런 그의 행동들이 내 안에 숨겨진 야성과 본능을 툭툭 걷어차는 것 같았다.

두 주인공(작가, 조르바)을 비교해 본다. 둘은 크레타 섬으로 가는 배에서 우연히 만나서 함께 일을 하게 된다. 두 사람은 인생관이 극명히 달랐다. 그래서 삶에 대한 반응이나 방식 또한 서로 다르다. 화자는 탄광을 물려받은 자본가이고 이성과 지식을 추구하는 책벌레이며 도덕적 보편주의자다. 반면 조르바는 가진 것 없는 빈털터리이요 자유주의자이다. 조르바는 그야말로 파란만장, 산전수전 다 겪은 사람이라고 해도 과언이 아니다. 전쟁에 참여해서 살인도 해 봤고, 결혼도 했지만 가정을 지키지 못했고, 어린 아들이 죽고, 부인도 없으며 직업도 일정하지 않은 떠돌이 같은 인생이다. 보편적 시각에서 보면 조르바는 제멋대로 사는 못 말리는 인간이다. 그런데도 조르바가 불쌍하거나 측은해 보이지 않았다. 작가의 입을 빌려 말했듯이 조르바는 '마음은 열려 있고, 가슴은 원시적인 배짱으로 고스란히 부풀어 있는 사람'이기 때문이다. 이런 조르바를 보면서 작가 역시 이성으로 무장된 자신의 울타리를 조금씩 허물고 있음을 알 수 있었다. 독자인 나도 그랬다.

조르바는 육체와 영혼은 늘 함께 같이 가야 한다고 여긴다. '육체를 먹이지 않으면 어느 날 영혼을 길바닥에 내팽개칠지도 모른다.'고 하면서 육체적 욕구도 중요시한다. 영혼이 진정 자유로운 사람은 영혼의 소리에 따라 육체도 그렇게 따라 움직이는 게 맞다는 생각이 들었다. 적어도 조르바는 영혼을 이성의 울타리 안에 가두어 두지 않았다. 야성이 이끄는 대로, 때로는 광기에 도취된 자유로운 삶을 살았다. 그의 영혼은 신의 영역까지도 자유롭게 넘나들며, 신도 인간본성의 의지를 탓하지 않을 거라 여긴다. 신은 인간을 위한 존재라는 뜻이다. 영혼의 자유를 이성으로 가두어 버리고 부와 명예를 쫓거나,

신의 의지에 반하지 않으려고 구도자처럼 사는 사람들에게 조르바는 외친다.

"나는 아무것도 바라지 않는다. 아무것도 두려워하지 않는다. 나는 자유다."라고 말이다. 나도 그렇게 진정 자유롭고 싶다. 그러나 그건 나에게 소망에 불과하다.

(2017. 제주문학)

# 여행의 미학

　살다 보면 내 안의 습한 기운이 침잠해 마음엔 먹구름이 끼고 삶이 무겁고 힘들어 금방 눈물을 토해 내고 싶어질 때가 있다. 실컷 운다고 그 눈물의 씨앗이 없어지지는 않는다. 내 안에 고여 있다가 문득문득 콧등을 시큰거리게 만든다. 때로는 가장 가까운 사람에게 투정하고 원망하면서 '세상살이가 다 그렇지 뭐.' 하면서 체념하기도 한다.

　행복은 마음먹기에 달렸다기에 스스로에게 최면을 걸며 '그래도 감사해야지.' 하며 마음을 다독인다. 반복되는 일상이 점점 생기를 잃어갈 때쯤 가까운 사람이 여행 다녀왔다는 이야기를 풀어놓으면 내 삶은 더 초라하게 여겨진다.

　누구에게나 마음속에 숨겨진 꼬깃꼬깃한 여행지의 목록이 있을 것이다. 그 목록은 경관이 빼어난 곳일 수도 있고, 역사적인 장소일 수도 있고, 박물관일 수도 있다. 가까운 시일 내에 갈 수 없을지라도 언젠가는 가 보리라는 희망으로 현재의 삶에 더욱 박차를 가한다. 여행을 좋아하지 않는 사람을 제외하고, 여행을 꿈꾸는 것은 인생의 목표처럼 당연한 것이다.

깊은 우물 속에 비친 자신의 모습을 찬찬히 보라. 더 넓은 세상을 보고, 느끼고 싶다는 강렬한 눈빛을 발견하게 될 것이다. '아 그곳은 꼭 가 보고 싶은데…….' 이런 생각을 품고 있는 이들이여, 희망을 잃지 말지어다. 꿈은 이루어진다는 신념으로 꿈을 꿀지어다.

여행은 돈과 시간을 요구한다. 그러기에 누구나가 할 수 없기도 하고 언제라도 갈 수 있는 것도 아니다. '열심히 일한 당신 떠나라.' 하지만 말처럼 쉽게 떠날 수 없는 것이 여행이다. 그래서 여행을 위한 준비와 계획이 필요한 것이다. 여행을 위한 별도의 경비를 모으는 지혜와 일상을 비켜갈 시간조정이 필요하다. 쓰다 남은 돈을 모아 여행을 하는 사람은 거의 없다. 우리의 삶은 항상 팍팍하기에 여유가 있을 때 가려고 하면 늙어 다리가 아플 때까지 기다려야 한다. '여행은 다리 떨릴 때 가지 말고 가슴 떨릴 때 가라.'는 말이 그냥 나온 말이 아니다. 감성은 나이와 비례하지는 않지만, 감성이 살아 숨 쉴 때 여행의 맛도 제대로 느낄 수 있다. 이제부터 여행지의 목록 하나를 정해서 계획을 세워 보라.

여행 계획이 현실로 다가올 때의 기분은 행복 그 자체이다. 출발 날짜가 정해지면 몸은 바빠지나 표정은 반짝거리고 마음은 흥얼거림으로 춤춘다. 여행 가방을 몇 번이나 열었다 닫았다 하면서 일상 탈출에 대한 달콤한 기대를 하는 것도 행복이다. 마음은 벌써 여행지에 가 있고 그곳에서의 모습을 상상하며 그날을 기다린다.

여행지에 도착하면 결국 꿈이 이루어졌다는 작은 희열이 피로감을 몰아낸다. 외국에서의 아침 햇살이나 석양을 만나기라도 하면 감탄은 두 배에 이른다. 집에서는 하늘도 제대로 쳐다보지 않던 사람이 외국에 가면 소녀가 되어 하늘의 색을 보고 감탄하고 스치는 바람 한 점에도 온몸이 반응한다. 평상시에 그만큼 자신을 무장하고 감성이 자리할 틈도 없이 살았다는 뜻이다. 그래서 여행은 일상에 묶인 자신을 풀어 주는 일이요, 삶을 살랑거리고 반짝거리게 해 주는 일이다.

여행은 봄이다. 겨울 동안 꽁꽁 얼었던 얼음이 녹아 대지를 적시듯이 여행은 굳어진 사고를 유연하게 풀어 주는 봄과 같은 것이다. 우물 속에서, 일상에서 자신을 옭아맸던 신념이나 삶의 방식들이 또 다른 세상을 만나면서 유연해진다. 자신이 옳다고 여겼던 굳은 신념들이 우물 안 개구리의 생각이었음을 깨달을 때가 있다.

여행은 매력덩어리이다. 아름다운 경치를 보는 것도 즐거움이요, 맛난 음식은 만나는 것도 즐거움이다. 끼니 때마다 차려진 음식을 먹는다는 것, 청소를 하지 않아도 된다는 것, 구질구질한 집안일을 하지 않아도 된다는 것, 때론 쇼핑을 할 수 있다는 것, 이런 것들은 여자들이 더 좋아하는 이유이다.

가까운 사람들과 함께하는 여행은 정을 나눌 수 있는 기회를 주고 상대를 더욱 이해하는 계기가 되기도 한다. 그 사람을 알고 싶으면 함께 여행을 떠나 보라는 말도 있다. 좋은 사람들과의 여행은 오래도록 추억되며, 여행지에서의 행복했던 순간들이 현재의 삶에 활력소가 된다.

여행은 시간이다. 옛 고적지를 찾았을 때는 마치 타임머신을 타고 과거의 시간 속으로 들어가게 된다. 중세시대 건물, 성당, 스테인드글라스 천장화, 화려한 성당 내부의 아름다움과 웅장함을 보며 그 시대의 주민이 되어 보기도 하고 영주나 왕이 되어 보기도 한다. 신이 창조했음 직한 비경도 오랜 시간이 만들어낸 결과라는 것을 알게 된다.

여행 중 만나는 공간이 때로는 운명적인 공간이 될 수도 있다. 오래전 오스트레일리아의 블루마운틴을 찾았을 때의 감격을 잊을 수가 없다. 아침 햇살을 받은 웅장한 모습에 압도되어 그 순간에는 '죽어도 여한이 없다.'고 생각할 정도로 감격에 차 있었다. 다시 그 광경을 보면 그때의 감정이 되살아날지 의문이다. 여행지에서의 감흥은 사람마다 다르기에 어떤 곳은 기대에 못 미칠 수도 있다. 그렇다고 실망스러움을 애써 감출 필요는 없다. 사진과 실물이 다르고 교과서와 현실이 다르듯이, 여행은 세상이 나에게 맞추어져 있지 않음을 가르쳐 준다.

삶이 축축하여 무거울 때 여행을 떠나 보라. 일단 집을 떠나 새로운 곳을 만나라. 그곳에서 자신을 풀어놓고 감성으로 사물을 만나고 느끼라. 사고와 가치의 틀을 녹여 세상에 흐르게 하라. 그래서 그곳 세상과 하나가 되라. 그 안에서 자유롭게 유영하라.

(2015. 제주여류수필)

# 봄, 만끽히리

봄은 꽃의 계절이다. 특히 계절의 여왕이라고 불리는 5월도 목전에 왔다. 환희처럼 피어났던 벚꽃이 진 자리에 다시 초록 잎이 피어났다. 노란 유채꽃, 청보리 물결, 산에는 붉은 철쭉이 우리의 마음을 노크한다. 꽃집에는 팬지, 비올라, 데이지, 베고니아 등 각양각색의 꽃들이 저마다의 아름다움을 뽐낸다. 꽃을 보는 이의 마음에도 꽃물이 든다.

지역마다 꽃 박람회를 비롯한 꽃 축제를 한다는 소식도 있다. 이쯤 되면 봄을 타는 처녀가 아니라도 어디론가 떠나고 싶어진다. 바야흐로 봄나들이의 계절이 된 것이다. 봄볕에 가물거리는 아지랑이 속에서 꽃의 향연을 감상하고 초록의 싱그러움을 온몸으로 느끼는 관광객들을 보면 행복하다는 생각이 든다. 이 봄을 그냥 넘기기는 어딘가 아쉬움이 남는다. 잠시 일손을 멈추고 봄나들이로 자신을 위로하고 충전해 보면 어떨까?

문화체육관광부에서는 한국관광공사와 정부부처, 전국 지자체, 공공기관, 기업과 함께 5월 1일부터 14일까지 '봄 관광 주간' 행사를 실시한다. 이 기간에는 전국에서 3,000여 개의 국내관광 할인과 다양한 체험 프로그램이 운영된다. 국민관광여건 개선 및 국내관광 수요창출을 위한 범정부 협업사업인 셈이다.

제주에서도 하도리에서 하는 '바룻잡이 체험'과 별빛 누리공원에서 '달빛 소나타' 체험프로그램을 운영한다. 굳이 도외 나들이를 하지 않아도 힐링이 될 만한 것들은 많다. 5월에는 근로자의 날, 어린이날과 어버이날, 스승의 날 등이 있어서 가족이나, 동료, 스승과 함께 의미 있는 추억도 만들어 보는 것도 좋을 것 같다. 평소 학교 공부로 지친 자녀들과 열심히 일한 자신을 격려할 겸 가족관광을 나서서 봄의 싱그러움을 느껴 보라.

행사 기간에는 전국 초, 중, 고교의 88.9%가 자율휴업이나 단기방학을 하고 있다니 학생들이 가족과 함께하는 관광체험을 많이 할 수 있기를 기대해 본다. 더불어 교사들도 충전과 산지식을 얻는 기회가 되었으면 좋겠다.

여행은 교과서 속의 세상과 현실이 일치하지 않는다는 것을 가르쳐 준다. 정보통신매체의 발달로 집에서도 세계의 문화유적, 멋진 풍광들을 볼 수 있는 시대가 왔다. 그러나 현장에서 직접 느끼는 것만 못하다. '무릇 귀로 듣는 것은 눈으로 직접 보느니만 못하고, 눈으로 보는 것은 발로 직접 밟아 보는 것만 못하며, 발로 밟아 보는 것은 손으로 직접 판별해 보는 것만 못하다.'라는 말도 있지 않은가.

나에게 있어서 첫 관광은 중학교 때 도 일주 수학여행이었다. 정방폭포와 천지연폭포를 보고 얼마나 감탄을 했던지. 첫 도외 나들이는 고등학교 수학여행이었는데, 그때 경주의 왕릉의 규모에 놀랐고, 첨성대의 크기가 생각보다 작아서 실망했던 기억이 난다. 그때 친구들과 함께 찍은 사진을 보면 아련하고 그리워진다. 흔들리는 배에서 멀미로 고생했던 것도 이제는 아름다운 추억이 되었다.

이 봄이 가기 전에 어디론가 떠나 보라. 유적지를 찾든 관광지를 찾든 어디든 좋다. 이색체험도 좋고, 건강이나 교육을 위한 테마여행도 좋고, 축제행사를 관람하거나 알뜰여행 코스를 계획해도 좋다. 가족과 연인과 좋은 이웃들과, 아니면 혼자도 좋다. 가서 이 찬란한 봄을 만끽하며 힐링하고 돌아오라. 일상으로 돌아와 거울 앞에 서면 싱그러운 에너지를 풍기는 화사한 꽃, 당신이 웃고 있음을 발견하게 될 것이다.

(2015. 4. 30. 제주신보)

# 길을 걷다

버킷리스트 중에 하나가 퇴직하면 남편과 함께 산티아고 순례길을 걷는 것이다. 장장 800km를 걸어야 하니 건강이 뒷받침 되어야 하고, 무엇보다 두 다리가 튼튼해야 가능한 일이다. 주변에 다녀온 사람들의 이야기를 들어 보면 발에 물집이 생길 정도로 고생하는 일임에도 불구하고 눈물이 자꾸 흘렀단다. 아마도 살아온 길과 살아갈 길에 대한 입맞춤, 아니면 내 안에 숨어 있던 또 다른 나와의 만남에서 오는 회한과 감동의 눈물이 아닌가 하는 생각이 들었다.

산티아고 순례길이 제주의 올레길을 낳고, 그 올레길은 우리나라 각 지역의 또 다른 길들을 만들어내게 하였다. 길이 길을 만들었듯이 길에서 사람들은 길을 찾는다. 그 길들은 절망에 빠진 누군가를 희망으로 이끌어 주기도 하고, 상처를 치유해 새 삶을 살게도 한다. 길은 누군가가 지나가면 또 다른 누군가를 기다리며 항상 손 내밀 채비를 하고 있다. 그래서 길은 찾고 함께 걷는지도 모른다. 수많은 사람들이 걷는 실일지라도 각자의 삶이 다른 만큼 그 길에 새겨진 의미도 다르다. 길을 걷는 일은 삶의 여정을 되돌아보며 그 삶에 나름의 희망을 입히는 작업이다.

우리나라에도 산티아고 순례길에 버금가는 해파랑길이 있다. 해파랑길은 '동해의 떠오르는 해와 푸른 바다를 길동무 삼아 함께 걷는다.'는 뜻으로 붙여진 이름이다. 부산 오륙도 해맞이공원에서부터 강원도 고성 통일전망대에 이르기까지 총10개 구간 50개 코스로 나누어져 있는 770km에 이르는 동해안 길이다.

지난 연휴를 이용하여 해파랑길 부산구간을 걸었다. 걸으면서 만났던 경관들이 아직도 아른거린다. 오륙도 해맞이공원에서 시작되는 1코스 길은 더욱 인상적이었다. 비록 해맞이는 못했지만 스카이워크의 전망대를 돌아 푸르고 깊은 동해를 보며 걷는 한 걸음 한 걸음은 자연에 대한 감사와 우리나라에 대한 애틋함이 저절로 우러나게 했다. 우뚝 솟은 바위도 그렇게 의젓해 보였고, 푸르른 나무들도 더 이상 싱그러울 수가 없다. 바다에서 불어오는 바람마저도 사랑스러웠다. '동해물과 백두산이 마르고 닳도록 하느님이 보우하사 우리나라

만세.'라는 애국가 구절을 속으로 불렀다. 이 아름다운 자연을 가진 우리나라를 어찌 아끼지 않을 수 있으랴.

도보여행은 맛 기행 하기에 딱 좋다. 배고픔 앞에서는 한시도 못 참는 남편은 웬일인지 돼지국밥집 앞에서 줄을 선다. 기장에서 유명하다는 짚불장어구이 집에서는 그동안 함께해 온 부부의 시간에 감사하는 마음으로 소주잔을 기울였다.

해산물과 함께 살아가는 사람들에게서 삶의 에너지를 얻고, 걷다 보면 해수욕장이 나오고, 카페가 줄을 잇는다. 아직 개장하지 않아도 젊은이들은 서핑을 즐기고 있다. 그들을 보며 해안가 커피 한 잔만으로도 감성충전은 그만이다.

다시 걷는다. 둘이 나란히 출발했어도 걷다 보면 나란히 걸을 때는 거의 없다. 앞서거니 뒤서거니 해도 같은 방향으로 가고 있다는 믿음이 있으니 든든하다. 뒤처지면 좀 더 힘을 내고 너무 앞선 것 같으면 기다려 주는 게 부부인생 아니던 가. 아직까지도 그렇게 살았으니 앞으로도 그러길 희망해 본다. 다녀오자마자 다음 울산구간을 걷기로 하고 비행기 티켓을 끊었다. 설렘도 희망이다.

(2017. 6. 1. 제주일보 해연풍)

# 책과 사랑에 빠지다

바야흐로 가을이다. 책 읽기에 좋은 시기라 '독서의 계절'이라고 한다. 특히 9월은 '독서의 달'이다. 늘 책을 가까이하는 사람들에게는 별다른 의미가 없겠지만, 이런저런 이유로 책을 읽지 못하는 사람들에게는 암묵적인 힘을 발휘한다. 평상시에 책을 멀리하던 사람도 왠지 이 가을에 책 한 권은 읽어야 할 것 같은 의무감(?)이 생기기 때문이다.

독서의 중요성은 아무리 강조해도 지나치지 않다. 성공한 사람들의 삶 안에는 반드시 독서 습관이 자리 잡고 있다. 빌 게이츠도 '하버드 졸업장보다 소중한 것은 독서하는 습관'이라고 했다. 미국 최고의 부동산 재벌인 도널드 트럼프는 밤 10시 전에는 무조건 하루 일과를 마무리하고 집에 들어와 잠자리에 들기 전까지 매일 3시간 이상씩 독서를 한다고 한다.

중국 북송시대 정치가이자 문필가인 왕안석은 '貧者因書富, 富者因書貴' 즉 '가난한 자는 책으로 부유해지고, 부유한 자는 책으로 귀해진다.'고 했다. 부자가 되기 위해서는 먼저 책을 읽어야 하고, 부자도 책을 읽어 존경받는 귀한 자가 되어야 한다는 것이다. 사람의 인격은 부를 얼마나 쌓았느냐가 아니라 책을 얼마나 읽었느냐로 가늠할 수 있다.

책을 읽어야 한다는 생각에는 거의 모든 사람들이 동의한다. 그러나 정작 책을 읽는 데에는 바쁘다는 이유로 시간을 투자하지 않는다.

통계청 자료에 따르면 2013년 우리나라 성인의 연간 종합 독서량은 전자책을 포함하여 10.2권이다. 미국이나 일본은 80권, 선진국이라고 말하는 국가들은 50권에 달한다고 하니, 우리나라는 부끄러운 수준이다. 독서의 장애요인으로는 '시간이 없어서'가 약 40%을 차지하고 있다. 그만큼 현대인들은 바쁘게 살고 있다고 해도 과언이 아니다. 취업준비, 직장 일, 텔레비전 시청, 교제, 여가 활동 등 이래저래 바빠서 책과 벗할 시간이 없다는 뜻이다.

독서할 시간이 없다고 책을 멀리할 수는 없지 않은가. 매일 조금씩이라도 책을 읽는 것이 중요하다. 바쁜 일상에서 책을 읽기 위해서는 독서시간을 찾는 지혜가 필요하다.

첫째, 텔레비전 대신 책과 친해지라. 2014년 국민생활시간 조사 결과에 따르면 1일 텔레비전 시청 시간이 평균 1시간 55분이다. 텔레비전 앞에 앉아 있는 시간을 책과 마주하는 시간으로 바꾸라. 훨씬 행복하고 충만함을 느낄 것이다.

둘째, 스마트폰 대신 책을 손에 들어라. 스마트폰이 손안에 있는 한, 책 읽기는 쉽지 않다. 스마트폰은 가방에 넣고 대신 책을 들고 다니는 습관을 가져 보라. 스마트폰 중독도 예방되고 독서도 할 수 있어 일거양득이 될 것이다.

셋째, 틈새 시간마다 책장을 넘기라. 하루 스물네 시간 중에 틈새 시간은 있게 마련이다. 출근 전 잠깐, 버스나 지하철에서, 점심식사 후, 잠자리에 들기 전 몇 분, 아주 짧다고 생각되는 시간도 책장을 넘기기에 충분한 시간이다. 매일 조금씩이라도 읽다 보면, 가랑비에 옷 젖듯 어느새 독서의 즐거움에 빠지게 되고 독서 습관도 생기게 될 것이다.

독서 습관 못지않게 중요한 것이 좋은 책을 읽는 것이다. 책 선정에 자신이 없으면 우선 이미 평가받은 고전이나 인문학 서적부터 읽어 보라. 인문학은 인류의 보편성과 삶의 근본원리를 이해하는 데 도움을 준다. 전 세계 1%의 부자들이 인문고전에 심취해 있다는 기사를 접한 적이 있다. 요즘 인문학이 뜨는 이유는 본질적으로 더 인간답고 행복한 삶을 살고자 하는 사람들이 많아짐을 의미한다. 과거에 선구자적 삶을 살았던 분들의 철학, 역사, 문학을 제대로 읽는다면, 또 다른 세계를 만나게 될 것이다.

이 가을 숨죽여 속삭이는 책장 넘기는 소리가 소슬바람을 가르게 책과 사랑에 빠져 보라.

(2015. 10. 5. 제주신보)

# 부끄러움을 노래한 시인

미국의 유명한 록 가수 밥 딜런(Bob Dylan, 본명 : 로버트 앨런 지머맨, Robert Allen Zimmerman)이 2016년 노벨문학상 수상자가 되었다. 노래하는 가수가 노벨문학상을 받는 것 자체가 뜻밖이었다. 그가 문학을 하는 사람이라고 여겨지지 않았기 때문이다. 그러나 짧은 생각이었음을 나중에 알게 되었다.

노벨문학상을 시상하는 스웨덴 한림원은 밥 딜런에 대하여 "미국의 전통노래 속에서 새로운 시적 표현을 창조해 왔다."고 했고, 그의 노래가 '귀를 위한 시詩'라고 했다.

시와 노래는 본래 하나였다고 볼 수 있다. 시가 리듬을 타고 읽혀지듯이 시에 곡이 더해지면 노래가 된다. 시가 노래가 되고 노래가 문학이 되어 세상을 움직이는 시대가 왔음이다.

문학의 사전적 의미는 '사상이나 감정을 상상의 힘을 빌려 언어로 표현한 예술', '자연과학이나 사회과학을 제외한 문학, 사학, 철학, 심리학 등의 학문을 통틀어 이르는 말 또는 그 작품'이라고 되어 있다. 문학 하면 글이 떠오르고 글로써 표현한 것이어야 문학이라고 믿는 많은 사람들에게 밥 딜런의 수상 소식은 불편함을 안겨 주었다. 그러나 노래와 시는 본래 하나라는 관점에서 본다면 놀랄 일만은 아니다. 문학의 범위가 확장되고 있다는 세상의 변화일 뿐이다.

　문학평론가인 크리스토퍼 릭스는 2004년 딜런의 노래가 가지는 죄와 선, 은총과의 상관관계를 분석하면서 그의 시를 셰익스피어와 엘리어트의 작품 다음 서열에 세우고 싶다고 말했다. 한림원의 사라 다니우스 사무총장은 밥 딜런의 음반 가운데 최고라고 평가받는 '블론드 온 블론드Blonde On Blond, 1966'를 거론했다. 거기에서 '딜런은 전혀 새로운 방식으로 운율을 조합하고 후렴을 배치했으며 독창적인 사유로 대중음악의 가사를 문학적 경지로 끌어올렸다.'고 했고, 음악평론가 존 파렐스는 '그의 가사는 서사를 갖췄으면서도 심상이 그려진다. 일상어와 변화하는 리듬을 도입한 자유시의 문체로 쓰여 마치 그림을 보듯 장면이 그려진다. 암시적 표현들과 함축적 표현

들은 시어와 같다.'<sup>출처 티타임즈-www.ttimes.co.kr</sup>고 말했다. 이 외
에도 영국이나 미국의 대학에서도 밥 딜런이 시를 이해하는
강좌가 있다. 이것만 봐도 밥 딜런이 문학상을 받을 만한 충
분한 자격은 된 셈이다.

그가 존경스러운 것은 가수로 활동하면서 줄곧 세상의 부
끄러움에 무관심하지 않았다는 것이다. 노래로 평화를 염원
했고, 낮은 자들을 위로하고, 부당한 권력과 전쟁에 저항하였
다. 인권이 무시되는 세상, 차별되는 세상, 불의가 정의를 삼
켜 버리는 세상, 전쟁으로 아파하는 세상을 부끄러워했다는
것이다.

우리나라의 저항시인 윤동주가 떠오른다. 윤동주 시인에게
문학은 '부끄러움'이었다. 식민지에서 살고 있는 부끄러움, 언
어를 빼앗긴 부끄러움, 더 나아가 시를 쓰는 부끄러움까지 말
이다. 부끄러움은 바로 사람이 사람다울 수 있게 하는 가장
원초적인 것이며 모든 창작물의 근원도 이 부끄러움에서 시
작되어야 한다고 생각한다. 문학인이 가져야 할 최소의 책임
도 이 시대의 부끄러움을 말할 줄 아는 것이다.

(2016. 11. 2. 제주일보)

# 북 치는 소년

친구도 오랜 친구가 더 정이 가듯이 물건도 오랜 시간 함께 했던 것들이 더 애착이 간다. 사연이 있는 물건은 쉽게 잊히지 않고 더 소중하게 여겨지기도 한다. 나의 애장품은 이런저런 사연들을 담은 크고 작은 물건들이다. 오래전 남편이 사다 준 스카프, 대학 때 생일선물로 친구에게서 받은 도자기 등 소소한 물건들이다. 하나를 딱히 꼽으라면 작은 액자 속 작품이다. 그 액자는 여기저기 옮겨 다니면서 늘 나와 함께하였다. 아이들이 어렸을 때는 아이 방에 걸리기도 했고, 그 이후는 안방에도 걸렸다가, 현관에도 걸렸다가 한다. 최근 우리 집 현관에 꽤 오래 걸려 있었다. 지난 태풍 때는 빗물이 스며드는 바람에 액자 뒷면이 상했는데 다행히 작품은 그대로라서 안도가 되었다.

액자 속에는 북을 치는 소년이 있다. 빨간 고깔모자에 노란

윗도리, 파란 바지의 소년이 갈색의 북을 두드리고 있는 모습이다. 반들거리는 수실로 촘촘히 면을 메꾼 수예 작품이다. 여고 가사실습 시간에 만든 것인데 지금까지도 색이 바래지 않은 것이 신기하고 지금까지 소장하고 있는 것도 감격이다. 당시의 액자를 남편이 그럴듯한 액자로 바꾸어 놓으니 작품이 더욱 값지게 보였다. 여고 졸업한 지가 40년이 넘었으니 돈으로 따질 수 없는 보물이라 해도 과언이 아니다.

북 치는 소년은 여고시절을 줄줄이 풀어헤치는 마술이 있다. 그 액자를 보노라면 '둥~ 둥~ 둥~' 북소리와 함께 지나온 여고시절 속으로 빨려 들어간다. 푸르른 여고시절을 다시 만난다는 것은 생각만으로도 즐거운 일이 아닐 수 없다. 그 시절은 희망이요 청춘의 시기였기 때문이다.

하얀 칼라의 교복을 입은 내 모습이 떠오르고, 여학생들 웃음꽃이 가득했던 교실이 생각난다. 쉬는 시간이면 어김없이 '하마 히프', '호랑이', '대수' 등 선생님들의 별명이 도마 위에 올려졌다. 누군가 "얘들아, 호랑이가 온다." 하면 후다닥 제자리를 찾던 그 시절은 교사의 가르침이라면 어떤 것도 마다하지 않았다. 몽둥이로 엉덩이를 맞아도 달게 받았던 시절이다. 그 몽둥이 속에 제자를 올바로 가르치고자 하는 사랑이 담겨 있음을 알았기 때문이다. 요즘에는 학생인권 등을 내세워 체

벌은 생각할 수도 없는 시대가 왔다.

새로 오신 과학 선생님이 좋아서 몰래 과학실에 꽃을 꽂았던 일도 생각난다. 과학 선생님에 대한 호기심은 학생들의 짓궂은 질문으로 이어졌고, 선생님은 대답하기 곤란하신지 얼굴이 발개지시곤 했다. 그런 과학 선생님을 좋아하는 학생들 덕분에 과학실 꽃병은 쉴 새가 없었다.

가정 선생님은 참 자상하셨을 뿐만 아니라 특히 성교육에도 열성을 쏟았다. 성적 지식이 빈약한 것을 채워 주기 위해 노력하셨다. 그때만 해도 지금처럼 양성평등의 시대가 아니었기에 어디까지나 남자들로부터 성폭력을 당하지 않기 위한 방법들을 알려 주셨다. 지금도 잊히지 않는 것은 '여자는 꼭 코르셋을 입어야 한다.'는 말씀이다. 코르셋이 갑옷 역할을 한다는 것이었다. 그 후에 꽉 끼는 코르셋을 입는 것이 학생들 사이에서 유행처럼 번졌다. 나는 코르셋을 떠올리면 몸매를 보정시켜 주는 것보다 여성의 성을 지켜 주는 문지기가 생각나는 이유가 바로 여고시절 가정 선생님의 영향이다.

가정시간은 수업 중 제일 기다려지는 시간이었다. 더구나 실습시간은 힐링의 시간이고 입시를 잠시 잊게 해 주는 구원의 시간이었다. 요리실습으로 카레를 열심히 만들었는데, 처음 먹어 보는 음식이라 카레 향 때문에 먹지도 못하고 얼굴을 찡그렸던 일을 생각하면 웃음이 나온다. 연애시절 음식을 잘 못한다고 했더니, '카레만 만들 줄 알면 된다.'고 할 징도로 남편은 카레를 좋아하는 사람이다. 이제는 좋아하는 음식 중 하나가 되었으니 입맛도 사람처럼 길들여지는 것임을 새삼 느낀다.

북 치는 소년도 가사실습 시간에 만든 것이다. 40여 년 전 한 땀 한 땀 수실로 채우면서 모든 것을 잊고 완성의 기쁨만을 기다렸던 순간이 되살아나서 현재의 나의 삶을 위로한다. 서두르지 말고 한 땀 한 땀 수놓듯이 살다 보면 그게 나의 인생이라는 작품이 된다고 말이다. 그렇다. 수예작품을 놓을 때 서두르면 빈 곳이 생기고 엉성하기 마련이다. 어떤 모습으로 남을지는 지금 내가 사는 모습에 따라 달라지리라. 현재가 모여서 미래가 되고 언젠가 인생 종착점에 다다랐을 때, 북 치는 소년처럼 누군가에게 나의 삶의 흔적들이 향기처럼 피어나고 그 향기 속에서 아름다운 또 다른 삶이 이어지길 소망해 본다.

(2015. 제주여류수필)

# 쓰레기와 함께 살아가기

　손자를 보고 나오는 길에 아들이 날씨가 덥다며 냉커피 한 잔을 만들어 건넨다. 일회용 플라스틱 컵이라 한마디 하려다 그냥 고맙다며 받아 들었다. 투명 플라스틱 컵에 담긴 커피의 색깔이 얼음과 잘 어울린다. 집으로 오는 동안 잔은 비었고 빈 컵은 플라스틱 분리함으로 던져졌다. 그 통에는 이미 삼다수 병, 막걸리 병, 약병, 식품포장용기 등 플라스틱 친구들이 많다. 오늘도 결국 플라스틱 쓰레기를 만들어내는 데 일조했다.

　요즘 플라스틱 쓰레기에 대한 심각성이 관심을 받고 있다. 북태평양에 한반도 넓이의 일곱 배나 되는 플라스틱 섬이 있다는 말은 충격으로 다가왔다. 처리하지 못하고 바다로 흘러 들어가거나 버려진 플라스틱 쓰레기는 바다거북이나 해양 조류의 생태에 영향을 미치며, 미세 플라스틱 입자는 군집 어류의 생태계를 파괴하는 것으로 알려졌다. 얼마 전에 플라스틱 쓰레기 때문 기형이 된 거북이를 인터넷에서 보고 마음이 짠했다. 거북이가 새끼일 때 플라스틱 링에 걸린 채 빠져나오지 못해 계속 성장하다 보니 몸이 기형이 된 것이다. 죽은 바다거북, 고래, 새의 배 속에 각종 플라스틱 조각들이 들어 있는 영상을 보면서 인간들이 죄를 많이 짓고 있구나 하는 생각을 했다. 미국의 조사에서 천일염이나 조개의 소화기관에도 미세 플라스틱이 들어 있었다는 글도 접했다. 어패류를 먹는 인간의 몸속에도 미세한 플라스틱이 들어와 있을 수도 있다는 우려는 기우가 아니다.

플라스틱 쓰레기의 특징은 미생물에 의해서 분해되지 않는다는 점이다. 미국 국립공원 관리사무소에서 밝힌 플라스틱의 분해 속도를 보면 낚싯줄은 600년, 플라스틱 페트병은 450년, 플라스틱 부표 50년, 컵 50년, 나일론 섬유 30-40년, 1회용 비닐봉지 10년이다. 태우는 것도 문제다. 발열량이 크고 다량의 공기를 소모하며 유해가스가 분출된다는 것이다. 이래저래 플라스틱 쓰레기 처리는 골치 아픈 일이다.

그렇다고 플라스틱 제품을 생산하지 않을 수도 없고 전혀 사용하지 않을 수도 없다. 그 심각성을 깨닫고 소비자 스스로가 사용을 줄이는 길이 최선이다.

애월 해안도로에 있는 어느 커피숍에서 커피를 시켰더니 일회용 컵에 나왔다. 현장에서 마시고 간다는 말을 했음에도 불구하고 일회용 컵이라 이유를 물었다. 종업원은 정중하게 "우리 가게 방침이 일회용을 쓰게 되어서 머그잔이 없습니다. 죄송합니다." 하는 황당한 답변에 어이가 없었다. 경제논리로 설거지하는 비용보다 일회용 컵을 쓰는 것이 이익인지 모르지만, 이러다 제주도가 '쓰레기 섬'이 될지도 모를 일이다.

제주도만이라도 커피를 머그잔이나 텀블러에 주는 커피숍 문화를 꿈꾸어 본다. 그 꿈은 환경을 생각하는 소비자와 가게의 아름다운 약속이 있을 때 가능하다. 누군가부터 텀블러를 가지고 가서 '여기에 커피를 주세요.'라고 말해 보면 어떨까. 한 사람, 두 사람, 하다 보면 그게 불편한 아름다운 문화로 자리 잡게 될지 누가 알겠는가. 거리의 사람들이 플라스틱 음료 잔 대신 텀블러를 들고 다니는 아름다운 모습을 상상해 본다. 인류는 편리함을 위해 플라스틱을 포기하지 않을 것이다. 대신 플라스틱 쓰레기의 반격에 대비하여 사용을 줄이는 전략이 필요하다. 그럼에도 불구하고 인류와 쓰레기는 함께 살아가야 할 것이다.

(2018. 7. 25. 제주일보 해연풍)

# 2부 초록, 그 안으로

나뭇잎에 떨어진 빗방울이 초록으로 흐르더니,
지금은 윤기가 흐른다.
싱그러움과 깨끗함이 보는 이의 마음을 시원하게 한다.

# 60년대의 나를 만나다

1달러도 안 되는 돈으로 생과일 망고 주스 한 잔을 마실 수 있는 곳에서 휴가를 보낼 수 있었던 것은 올여름 행운이었다. 연일 계속되는 불볕더위 속에서 연수를 받고 나니 진이 빠져 머리는 무겁고 몸은 쉼을 요구했다. 우리나라보다 더 더운 곳을 택했다. 이열치열以熱治熱이라고 더위쯤은 여행의 즐거움으로 이겨내기로 했다.

공식명칭은 '라오인민민주주의공화국', 보통은 '라오스'라고 불린다. 인도차이나 반도에 위치해 있어서 베트남, 태국, 중국과 접경을 이루고 있는 나라다. 면적은 약 23만㎢로 한반도보다 조금 더 되고, 인구는 약 700만 명이다. 우리나라에 비하면 경제적으로 못사는 나라다. 하지만 국민들이 느끼는 행복지수는 상대적으로 높은 나라다.

수도 비엔티엔에서 다시 세 시간을 버스로 이동하여 자연이 아름답다는 작은 도시 방비엥에 짐을 풀었다. 방비엥은 아득한 과거가 되어 버린 가난했던 우리의 1960년대를 보여 주었다. 맑은 눈의 코흘리개 아이는 나의 어린 시절의 모습이었고, 여자들 또한 그 시절 어머니들의 모습이었다. 집을 짓는 곳을 봤더니 가늘고 긴 나무를 지지대로 사용하고 있었다.

　새벽시장에 나온 영양실조 걸린 듯한 야채들, 살아 있는 개구리, 자리돔보다 더 작은 민물고기들이 풍요 속에 익숙해진 내 마음을 흔들었다. 우리에게도 저런 과거가 있었지. 부유함 속에서도 상대적 빈곤감에 허덕이는 오늘날과, 풍족하지 않았으나 나름 희망을 품고 행복했던 어린 시절이 조우하는 순간이다. 60년대는 모두가 가난했으나 열심히 일하면 잘살 수 있다는 희망이 있었다. 더 잘살게 된 지금은 삼포시대를 넘어 오포시대, 칠포시대라는 말이 나오니 아이러니하다.

　짧은 기간이었지만 라오스 청년들의 모습에서 라오스의 희망과 행복을 엿볼 수 있었다. 방비엥은 도로사정이 좋지 않기 때문에 택시 대신 소형 트럭이 다닌다. 엉덩이가 들썩거리는 트럭에 적응하느라 긴장한 손님들을 위해 도우미로 동승한 한 청년이 한국의 가요 '남행열차'를 신나게 부른다. 일행들은 박수를 치며 한 곡 더 부르라고 했더니 청년이 '가위바위보'

게임으로 진 사람이 노래를 부르자고 제안했다.

우리 일행들은 가위바위보를 해서 저도 도우미 청년에게 노래를 부르도록 반 강요로 부추겼다. 규칙을 제멋대로 바꾸는 것을 탓할 만도 한데 청년은 싱글벙글하며 노래를 몇 곡 더 불렀다. 한국노래를 열심히 배운 그 청년이 대단하다고 여겨졌다. 짚라인을 타거나 카약킹을 할 때도 즐거운 표정으로 일부러 재미와 스릴을 만들어 주었다. 관대함을 뛰어넘어 일을 즐기기까지 하는 그들에게서 희망이 보이고 행복이 보였다.

빗물로 막힌 도로 때문에 차에서 내려 걸어가고, 짚라인에 몸을 맡겨 환호를 지르고, 카약킹으로 메콩강물과 하나가 되어 흐르던, 그 순간들은 타임머신이 나를 60년대로 데려가 다시 살게 해 준 황홀한 시간이었다. 라오스야 고맙다.

(2016. 8. 30. 제주일보 해연풍)

# 초록, 그 안으로

산하가 온통 초록이다. 비가 그친 후라 운동장의 잔디와 산방산도 더욱 푸르게 보인다. 나뭇잎에 떨어진 빗방울이 초록으로 흐르더니, 지금은 윤기가 흐른다. 싱그러움과 깨끗함이 보는 이의 마음을 시원하게 한다. 나무는 장맛비를 만나는 것을 두려워하지 않는다. 그들에게 비는 갈증을 해소해 주고 먼지를 씻어 주는 고마운 존재일 뿐이다.

얼마 전 중국의 장가계를 다녀왔다. 세계자연유산으로 등록이 되어 있는 이 삼림공원은 누구나 한 번쯤은 다녀와야 한다고 입소문이 난 곳이기도 하다. 천문산과 원가계를 둘러보고 우거진 숲과 기암절벽 위의 초록을 보면서 감탄사를 연발했다. 그곳은 온통 초록이었다. 그것도 짙고 푸른 힘이 넘치는 태고의 초록이었다. 원시림이 거대한 기암괴석을 품고 있었다. 초록이 기암괴석에 생명을 불어넣고 있었다. 미국의 그랜

드캐넌을 보았을 때 초록이 없어서 황량함을 느낀 적이 있다. 그에 비하면 장가계는 살아 있는 생명의 땅이라고 할 만하다.

초록의 푸름에는 끈질긴 생명력이 있다. 뿌리를 내리고 싹을 틔우고 꽃을 피우며 열매를 맺기까지의 굴곡을 견뎌낸 끈질긴 생명력을 나는 초록에서 본다. 주어진 자리에서 뚝심 있게 성장하는 초록의 생명력은 인간을 뛰어넘는다. 초록은 삶이 힘들다고 스스로 생명을 끊지 않는다. 오히려 어떻게든 살려고 흙 한 줌 없는 바위에도 뿌리를 내리는 것이 초록의 근성이다.

초록에는 희망이 숨어 있다. 녹음이 그 빛을 잃어 가며 붉은 잎으로 떨어지고, 나목이 되어 황량한 겨울 한복판에 서 있을지라도 희망을 잃지 않는다. 언젠가 싹을 틔우고 다시 초록으로 부활하는 꿈, 열매를 맺으리라는 희망을 품고 때를 기다릴 줄 안다. 깊은 땅속에 묻힌 작은 씨앗마저도 초록의 꿈은 포기하지 않는다.

초록의 세계는 상생의 세계이다. 나무들은 위를 보면서 자라지만, 나무 밑에 나무가 자라고 온갖 풀이 자라는 것은 그들 세계에서 상생의 원리가 살아 있기 때문이다. 나무가 나무를 죽이지 않고 풀이 다른 풀을 못살게 하지 않는다. 다른 덩굴이 자기 몸을 타고 올라와 하늘을 보게 해 주기도 한다. 비록 나와 다른 종류의 풀일지라도 함께 자라며 꽃을 피운다.

사람이 초록의 세계를 닮을 일이다. 장가계의 원시림도 기암절벽을 품고 그 기암괴석은 자신에게 뿌리 내린 나무를 살려서 더욱 위대한 작품이 만들어진 것이다. 지나온 삶이 참 힘들었다고 여겼었는데, 맨 바위벽에 뿌리 내린 나무들을 보니 복에 겨운 투정이었다는 생각을 했다.

원가계의 숲 터널을 걸으면서 태고의 신비스런 초록세상을 보는 일은 경이로웠다. 그 길을 걸으면서 몇 년 전 경주에 갔을 때처럼 한 남자를 생각했다. 토함산 주차장에서 석굴암까지의 길은 신록의 숲 터널이었다. 땅은 이슬방울을 머금어 촉촉하고 부드러웠다. 우거진 나무숲 사이로 간간이 비친 하늘은 또 다른 무늬를 만들고 빛을 쏘았다. 토함산의 아침 분위기 탓이었을까. 그 길을 사람들이 걸어가고 있는데 그렇게 정겹고 평화로울 수가 없다. 단지 내 옆에 그 남자가 없다는 것만 빼고 모든 게 완벽했다. 수학여행 온 아이들과 손을 잡고 걸으면서 내내 그 남자를 생각했다. 손잡은 사람이 그였으면 좋겠다는 생각 말이다. 신록은 이렇게 사랑의 열정을 불러오기도 한다. 삶에 대한 열정도 초록에서 온다. 모든 식물이 초록을 잃으면 그때는 열정도 식는 것이다. 나에게 초록은 열정이다.

(2016. 7. 5. 제주일보 해연풍, 2016. 고양문학)

# 비양도의 비람닌깅

바라볼 수는 있어도 이런저런 연유로 다가갈 수 없는 사람처럼 나에게 비양도도 그랬었다. 동경의 대상 하나 품고 그리움을 키우듯 서쪽 일주도로를 지날 때마다 언젠가 찾아간다는 인사만 했다. 비양도는 일주도로를 지나치는 수많은 차들을 바라보며 '왜 저들은 저렇게 정신없이 바삐 살까?' 했는지도 모르겠다.

추자도, 우도, 마라도, 가파도는 다녀올 때마다 섬이 주는 색다른 매력이 있어 가끔은 찾는 곳이다. 비양도는 어쩌면 가깝다는 이유로 뒤로 미루었는지 모른다.

얼마 전부터 도내 일간지에 실린 문화프로그램 기사를 보면서 시간이 되면 그 난장에도 함께하고픈 마음이 있었다. 문화예술인들이 제주의 역사문화가 깃든 곳을 찾아가서 현장에서 문학과 미술, 음악, 춤 등을 즐기고 느낄 수 있는 프로그램이다. 이름하여 '바람난장'이다. 주요 구성원들을 제외하고는 동참하는 사람들이 정해져 있는 것은 아니다. 문화예술을 즐기는 사람이라면 누구라도 난장이 열리는 그곳으로 가면 함께 즐길 수 있다.

비양도를 만나고 비양도의 숨결을 느껴 볼 기회가 왔다. 비양도에서 난장을 벌인다는 소식을 듣고 기회는 왔다 싶어 아침 일찍 서둘렀다. 한림항 비양도 선착장 대합실에 들어서자 배 시간표가 눈에 들어왔다. 하루 세 차례 오간다는 배 시간은 9시, 12시, 오후 3시, 출항이다. 그런데 손님이 많으면 추가운행도 가능하다고 하니 그야말로 사람중심 운행이었다. 고객 편의를 위해 손님 수를 보면서 탄력적으로 운행횟수를 늘린다고 하니 잘하는 일이라고 여겨졌다.

난장 팀에는 아는 분들도 있었고 처음 보는 이도 있었지만, 인사를 나누자 모두가 금방 친근해졌다. 시낭송을 하실 분, 플루트 연주를 하실 분, 사진을 찍을 분, 그림을 그릴 분, 기사를 쓸 분 외에는 자유롭게 구경하는 관객이다. 때론 관객들이 주체가 되어 난장의 분위기를 이끌어 가기도 한다.

승선자 명단에 스무 명 정도의 이름이 오르자 9시가 되기 전이지만 추가운행으로 배는 파도를 가른다. 갑판 위에 서서 멀어지는 한림항을 바라보니 마치 멀리 여행을 떠나는 기분이 들었다. 스치는 파도와 배 뒤에 따라오는 물살이 지난 시간들을 잠시 잊게 해 주니 이것도 여행이다. 지 물길이 삼키는 것은 시간이고 세월이요 넘실대는 파도는 오늘 이 순간이다. 오늘 비양도와의 만남도 시간 속에 묻혔다가 다시 추억으로 살아나리라.

푸른 파도에 실려 오는 아침 공기가 시려서 배 안으로 들어갔다. 배 안에서 바깥 풍경을 감상하노라니 벌써 비양도에 닿았다. 약 15분이면 오는 곳을 난생처음 왔으니 감개가 무량하다. 아무리 쉬운 일도 걸음을 내딛지 않으면 제자리인 것을 오늘 새삼 느꼈다.

비양도는 제주시 한림읍 비양리에 속하며 한림항에서 배로 15분이면 도착하는 가까운 섬이다. 면적은 0.58$km^2$로 우도의 1/10쯤 된다. 해안선의 길이가 총 3.15$km$정도여서 한 바퀴를 돌아도 여유롭고 지치지 않아 파도와 태고의 돌들을 보며 힐링의 시간을 만들 수 있다.

차가 없으니 슬로우 섬이라 할 만하고 맘껏 여유를 부려도 좋은 섬이다. 걸어서 한 바퀴를 돌아보는 동안 비양봉 등대와 돌과 바람, 비양도의 모든 것들이 빠름의 바퀴에 매달린 사람들에게 잠시 제동을 걸어 준다. 난장 팀들도 바쁠 게 없으니 모두가 느릿느릿이다.

비양분교장에 다니는 단 두 명의 학생을 만났다. 2017년 2월 45회 졸업생은 한 명이고 현재 재학생은 3학년, 5학년 오누이뿐이다. 오누이도 오늘은 난장 팀이 되어 플루트를 연주한단다. 플루티스트 김 선생님과 셋이서 호흡을 맞추는 동안 일행들은 난장을 벌일 장소를 물색한다. 연주 장소는 바닷가 돌밭으로 정해졌다. 작고 노란 등대도 관객이 되게 최대한 등대 가까이 간다. 바닷물이 떠나간 자리에 파란 이끼가 속을 드러내어 초록의 융단을 연출했다. 등대를 향해 셋이서 '섬집아기'를 연주했고 관객들은 돌 위에 앉아 귀를 쫑긋 세운다. 플루트 소리가 밀려오는 물소리, 바람 소리와 어우러져 하모니를 이룬다. 김 선생님의 독주까지 들으니 가슴 가득 따뜻함이 채워졌다. 분위기에 취해 관객들은 '섬집아기' 노래를 흥얼거린다. 관객들은 즉흥적으로 앵콜 연주에 맞추어서 '섬집아기'를 모두 함께 부르자는 제안을 한다. 섬집아기 노래가 각자의 가슴에서 물결을 타고 흐른다. 노래로 난장 팀은 하나가 되었다. 꼼꼼히 짜여진 각본이 아니라 관객 중심으로 진행되는 자연스러움 그 자체로서 바람난장은 아름다웠다.

시낭송가는 천년을 그대로 간직해 온 거친 바닷가에서 양민숙의 '비양도 산책'이라는 시를 낭송한다. 비양도에서 비양도의 시를 들으니 시가 내게로 오는 것이 이런 것이구나 하는 느낌이 왔다.

　비양도의 맛을 대표하는 음식은 뭐니 뭐니 해도 '보말죽'이다. 보말죽 맛은 한마디로 끝내주었다. 우리가 간 식당은 시어머니가 하던 일을 며느리가 이어받아서 하고 있다고 한다. 맛의 비결은 넉넉한 재료, 양념, 주인의 정성, 삼박자가 딱 맞아떨어지기 때문이다.

　비양봉을 오르다 돌아본 바다는 건너편 협재, 한림과 어우러져 한 폭의 그림이다. 정상으로 오르는 길에 대나무 숲이 있는데 대나무가 많아서 죽도竹島라고도 불렀다는 이유를 알 만하다. 정상에는 하얀 등대가 우뚝 서 있다. 인증 샷을 남기고 내려오자 둘레길과 만난다.

　『신 동국여지승람』에 '산이 바다 가운데 솟아 나왔다.'는 기록이 있으니 화산활동이 비양도를 낳은 것이다. 그래서 비양도에는 화산탄이 많다. 북쪽 바닷가에 널브러져 있는 돌들이 대부분 화산탄들이었다. 커다랗고 기이한 모양의 화산탄과 용암석들을 시멘트 기단 위에 올려놓아 전시되어 있었다. 자연적으로 그냥 제자리에 놔두었으면 더 좋았을 거라는 생각이 들었다. 자연은 자연 그대로 있을 때가 가장 아름답기 때문이다.

　돌 중에서 특이할 만한 것은 천연기념물 제439호로 지정된 비양도 '호니토'이다. 호니토는 용암이 분출할 때 생기는 가스 굴뚝이라고 한다. 코끼리 바위 형상도 만나고 말로만 듣던 '애기 업은 돌'도 만났다. '애기 업은 돌'은 바다로 떠나서 돌아오지 못한 님들을 향한 기다림의 돌이다. 어린 시절 동생을 업고 밭일 간 어머니를 기다리고 있는 나의 모습도 그 안에 있었다. 동생이 여섯이라 등에서 동생들을 내려놓을 새가 없었던 필자는 그 돌이 더 애틋하게 다가왔다.

비양분교장 초록 잔디 운동장이 적적하다. 뛰어놀 아이들을 기다리는 듯했다. 마라분교가 올해 학생이 없어서 문을 닫았다는 소식이 있었는데, 비양분교가 그렇게 될까 은근 걱정이 앞섰다. 저 푸른 잔디 운동장을 맘껏 뛰어놀 아이들은 없는 것인가. 편리함과 빠름에 길들여진 관광객들에게 비양도만이라도 불편한 행복, 느림의 여유를 선물할 수 있는 섬으로 오래 남아 있었으면 좋겠다. 몇 년 후에도 오늘 이 모습 그대로의 비양도이길 바란다면 욕심일까?

(2016. 함덕문학, 2017. 제주여류수필)

# 윤동주를 기리며

　하늘이 높아졌다. 좋아하는 시 한 편 읊조리고 싶은 계절이다. 윤동주의 서시를 떠올린다. 내가 좋아하는 시다.

　"죽는 날까지 하늘을 우러러 한 점 부끄럼이 없기를…"

　시구처럼 부끄럼 없는 삶을 살 수 있으면 좋겠다는 소망도 가을 하늘에 띄워 본다.

　지난 8월 제주 PEN클럽 회원들과 중국 연변 자치구에 있는 윤동주의 삶의 흔적들을 만나고 왔다. 인천공항에서 두 시간 반 정도 비행기를 타니 연길공항에 도착했다. 공항 간판이 한글로 '연길延吉'이라 크게 쓰여 있다. 외국에서 한글 간판을 보니 묘하게 반가웠다. 공항 광장에 세워진 꽃장식보다 그 위에 붙여진 '아름다운 연길'이라는 한글이 먼저 눈에 들어온다. 가이드의 말에 의하면 중국 연변자치구만큼은 법으로 한글을 먼저 쓰게 되어 있다고 한다. 길가의 현수막에도 한글이 보인다. 뿌듯하면서도 그간 조선족의 노고를 생각하지 않을 수 없다.

윤동주 생가를 향하는 버스의 차창 밖은 옥수수밭이 주를 이루고 있었다. 척박한 땅이라 옥수수가 제격인가 보다. 윤동주 생가는 명동촌이라는 마을에 있다. 마을 입구에 커다란 표지석이 있는데 '명동촌', '윤동주 생가'라고 쓰여 있다. 생가 입구에는 '중국조선족 애국시인 윤동주 생가'라고 새겨져 있다. 생가는 그가 은진중학에 입학하기 전까지 살았던 집인데 1994년에 복원된 건물이라고 한다. 기와지붕에 일자형 건물이다. 난간에 걸터앉아서 잠시 더위를 식히고 방을 구경했다. 제일 왼쪽 방에는 '시인 윤동주 서거 72주기 추모'라는 글과 학사모를 쓴 윤동주의 사진이 있다. 흰 종이꽃을 꽂아 놓은 화환과 꽃병, 누군가가 가져다 놓은 꽃바구니가 그의 영혼을 위로하고 있다.

그는 1917년 12월 30일 태어나서 1945년 2월 16일 일본 후쿠오카 형무소에서 생을 마쳤다. 스물여덟 청춘이 형무소에서 쓸쓸히 스러져 가던 순간을 잠시 생각한다. 김 시낭송가가 '서시'를 낭송한다.

죽는 날까지 하늘을 우러러

한 점 부끄럼이 없기를

잎새에 이는 바람에도 나는 괴로워했다.

모든 죽어가는 것들을 사랑해야지.

그리고 나에게 주어진 길을 걸어가야겠다.

오늘 밤에도 별이 바람에 스치운다.


모두가 숙연해지는 순간이다. 옆방을 둘러보고 나오니 바로 옆에 조그만 건물에서는 윤동주의 후손이 책과 커피를 팔고 있었다. 생가 뜰은 넓은데 여러 개의 시비가 중구난방으로 세워져 있어서 정리되지 않은 느낌을 받았다. 시들이 많았는데 다 읽어 보지 못하고 다음 행선지를 위해 버스에 올랐다.


윤동주의 묘는 공동묘지에 있어서 안타까웠다. 그래도 다른 묘에 비해 윤동주 묘역은 테두리가 시멘트로 둘러져 있다. 앞에 비석, 양옆에 안내석도 세워져 있다. 묘지의 잔디는 마치 항암치료 받아서 머리가 빠져 버린 것처럼 듬성듬성하다. 제대로 관리되고 있지 않은 듯했다. 주변에 술병, 꽃, 신문지들이 그를 찾았던 사람들의 흔적이다. 산소 옆 작은 나무에 하얀 종이꽃들이 빛바랜 채 달려 있다. 일행은 소주를 올린 후

참배를 했다. 술을 뿌리는 것을 본 누군가가 '윤동주는 기독교 신자였기에 술을 안 마셨을 거다.'라는 말로 숙연함을 내쫓는다. 꽃 한 송이라도 준비할 걸 하는 아쉬움이 스쳤다.

윤동주가 다녔던 은진중학교는 대성중학교와 통폐합된 후 용정중학교로 바뀌었다.

과거 대성중학교 건물은 보수하여 역사 전시관으로 쓰이고 있다. 입구에 윤동주 시비가 있고 '룡정시청소년애국주의교육기지'라는 푯말이 붙어 있었다. 좁은 계단을 따라 올라간 2층은 주로 일제 강점기 독립운동가들의 활동내용이 사진과 함께 전시되어 있다.

해설사의 이야기는 무미건조하게 글을 읽는 수준이라 뒤에서 찬찬히 읽어 보았다. 일제의 탄압에 맞서 조국의 독립을 위해 투쟁했던 그들이 있었기에 오늘 우리가 있는 것이다. 우리 후손들은 그 뜻을 받들어 어떻게라도 나라를 발전시켜 나가고 힘을 길러야 한다. 1층으로 내려오니 윤동주가 공부했던 교실이 재현되었다. 낡은 칠판과 책상, 풍금 등이 정겨움으로 다가왔다. 방명록을 쓰고 모금함에 지폐 한 장을 넣는 것으로 부끄러움을 표했다.


일송정을 향하는 버스 안에서 누군가 시작한 '선구자' 노래가 제창으로 이어졌다.

> 일송정 푸른 솔은 늙어 늙어 갔어도
> 한 줄기 해란강은 천년 두고 흐른다.
> 지난날 강가에서 말 달리던 선구자
> 지금은 어느 곳에 거친 꿈이 깊었나……

비암산 주차장에서 나무계단을 따라 올라가는 동안 쉬엄쉬엄 용정의 하늘과 산하를 애틋한 마음으로 바라본다. 마지막 계단을 오르니 아담한 정자와 난간, 소나무 한 그루가 반긴다. 소나무는 생각만큼 크지 않았다. 일제 강점기에 바위에 뿌리를 내리고 마치 정자처럼 자태를 빛냈던 일송정 그 소나무가 아니다. 일본이 우리 민족의 혼을 말살하듯이 소나무에게 소금을 뿌렸다는 말도 있고 고춧가루를 뿌렸다는 말도 있다. 그 후 새로 심은 나무라서 작을 수밖에 없다. 독립운동하던 이들은 그 당시 바위에서도 끈질기게 살아남은 소나무를 보고 용기를 얻고 투지를 키워 갔으리라.

우리가 이곳을 찾아 올라온 이유도 그 정신이 깃든 일송정 소나무를 보며 당시에 독립운동하던 이들의 마음을 읽고자 함이 아니겠는가. 사방이 트인 정자에서 내려다보면 푸른 들판 사이로 하얀 물줄기가 반짝거리는 것을 볼 수 있다. 그것이 해란강이다. 용정시를 향해 흘러가는 해란강은 지금도 역사의 아픔을 간직한 채 흐르고 있다.

(2017. 제주여류수필, 제주문화 23호)

# 증오비

호치민 공항에서 꽝아이로 이동하는 비행기 안에서 내내 '전쟁'이라는 단어에 집착해 있었다. 이 땅에 전쟁이 없어질 날은 언제인지, 전쟁은 누구를 위한 것인지, 왜 해야 하는 것인지에 대한 상념에 젖었다. 지금도 어디에선가는 분쟁과 전쟁이 일어나고 있는 것을 생각하면서 인류의 역사는 전쟁의 역사인지도 모른다는 생각을 한다. 전쟁의 흔적들을 만난다는 것은 그리 반가운 일이 아니다. 고통과 상처의 흔적이기 때문이다.

베트남에 '한국군 증오비'가 있다는 사실을 처음 들었을 때는 혼란스러웠다. 월남파병에 대한 나의 지식은 국가 홍보 수준에서 얻어들은 그 이상도 이하도 아니었다. 용감무쌍한 백마부대와 맹호부대의 파병에 대한 대대적인 홍보에 길들여진 나로서는 그럴 수밖에 없었다.

현재는 과거와 내통했고, 또한 미래와도 내통할 것임을 믿기에 현재는 개인이나 국가에게 역사의 한 획이 되는 중요한 시점일 수 있다. 그 한 획 한 획이 역사라는 이름으로 남아 대대로 살아 숨 쉰다. 베트남 전쟁의 역사에도 수많은 흔적과 기록들이 있다. 그 흔적 중의 하나인 한국군 증오비를 만나 보려니 마음이 무겁기만 하다. '증오'라는 단어가 칼보다 무섭게 파고든다.

전쟁의 역사는 승·패로 결론지어지며 승자나 패자 모두에게 상처를 남긴다. 명분이 어디에 있든지 전쟁이 일어나면 군인들은 피할 수 없는 운명처럼 적과 싸워야 한다. 싸우다 죽은 군인들은 전쟁의 제물이 되고 살아남은 자는 돌아온 용사가 되는 것이다. 죽은 군인들의 영혼은 위령비로 추모하고, 살아 돌아온 자는 참전용사비로 위로를 받는다. 그래서 전쟁을 치른 나라에는 위령비와 참전용사비가 있게 마련이다. 전쟁의 역사를 박물관으로 만들어 후세에 알리기도 한다. 그러나 증오비를 세워 전쟁을 기억하는 일은 흔치 않은 일이다.

월남전에 파병이 결정되고 베트남으로 떠날 때 성대히 환송을 하던 장면들을 보며 나는 그들이 자랑스럽고 뿌듯했다. 그들이 치열하게 싸웠던 곳이 바로 이곳 베트남이다. 그 당시 베트콩이라 불리는 북부의 군인들은 게릴라전으로 거대 미국을 힘들게 했고, 한국군도 많은 희생을 치렀다. 오직 살아서 돌아가기 위해서는 이겨야 하며 이기기 위해서는 적을 죽여야만 하는 것이 전쟁이다. 그래도 무고한 양민을 죽여서는 안 되는 것이 전쟁에서의 예의이다. 그런데 우리 군인이 어린 아이와 노인들을 포함한 양민들을 집단 학살했다니 믿어지지 않았다.

베트남의 중부 꽝아이에서 하룻밤을 지내고 다음 날은 전쟁의 상처를 안고 사는 빈호아 마을을 찾았다. 빈호아 마을은 한국군 증오비가 있는 곳이다. 한국군 증오비는 다른 곳에도 몇 곳이 더 있다고 한다.

빈호아 마을은 전형적인 농촌이었다. 마을 안으로 들어서는 입구에는 모심기를 준비하는 사람들이 분주히 움직인다. 띄엄띄엄 보이는 집의 모습은 가난한 시골 풍경 그대로였다. 이 지역은 몇 년 전까지만 해도 한국인의 출입을 제한했다고 한다. 우리를 안내한 박사님은 한국의 민간단체들이 진정성을 보이며 다양한 지원을 하고 있다는 말을 했다. 이곳 빈호아 마을도 그런 인연으로 마음을 열게 되었다고 한다. 증오비는 남아 있지만 더 이상 증오하지 않기를 바라는 한국의 청소년들이 해마다 이곳을 방문한다는 말도 들었다.

버스가 멈춘 후 마을 인민위원회의 허락을 받아야만 일행들은 버스에서 내릴 수 있었다. 증오비는 인민위원회의 건물에서 불과 50여 미터 이내에 있었다. 마을 도로변 약간의 경사진 잔디 위에 사각의 시멘트 단상 위에 세워진 증오비를 보았다. 책을 펼친 모양에는 당시의 희생자들의 나이와 성별이 있고, 삼지창 모양이 받치고 있고 책 옆에는 사람이 주먹을 불끈 쥐고 팔을 하늘로 치켜들고 있다. 약 420여 명이 이유도 모르게 총살당해야 했던 역사의 현장에 서고 보니 무겁고 착잡한 심정이 고개를 숙이게 했다. 제주도의 4·3사건 때 마을 사람들을 한곳에 모아 놓고 총살시켰다는 이야기를 들었을 때의 오싹함이 다시 몰려들었다. 과거 부끄러운 역사의 단면을 지울 수는 없지만, 증오심만이라도 사그라지길 바랐다.

비문에는 '하늘에 가 닿을 죄악 자손만대에까지 잊지 말고 기억하라.'는 내용과 함께 미국을 도운 한국군이 저지른 만행들을 적어 놓았다. 살아남은 자들은 '아가야 이 말을 기억해라. 적들이 우리를 포탄 구덩이에 집어넣고 다 쏘아 죽였단다. 너희는 커서도 이것을 꼭 기억하라.'라는 자장가를 불렀다고 한다. 총구를 겨누는 군인들의 모습 위로 총탄 소리에 이어 피와 고통이 뒤엉킨 아비규환의 장면이 요동친다.

'용서하소서, 용서하소서! 하느님 이들에게 안식을 주소서!' 국화 송이도 미안한 듯 풀이 죽었고 피어오르는 향은 무심하게 바람에 흩어진다.

한국군 증오비 옆에는 또 하나의 비가 있다. 이 비는 그때 학살로 인해 죽은 이들을 위한 위령비다. 이 위령비는 빈호아에 머물던 영국군 작가에 의해 세워졌다고 한다. 422명의 희생자 명단이 비에 새겨져 있었다. '어떤 죽음이든 죽은 영혼들은 위로받아야 한다.'는 그의 생각에 고개가 끄덕여졌다.

(2015. 제주여류수필)

# 바오닌을 만나다

미국의 안보 연구소가 북한이 5차 핵실험 준비를 이미 끝낸 것 같다는 관측을 내놓았다. 핵실험으로 인한 대외적인 압박에도 불구하고 계속적으로 핵을 선전효과로 내세우는 북한의 속셈은 어디에 있는가? 전쟁에서 핵으로 이길 수 있다는 생각으로 핵개발에 돈을 쏟아붓는 북한을 생각하면 불쌍하기도 하고 한편으로는 한반도에서 핵전쟁이 일어날까 봐 무서워진다.

며칠 전에는 평화 영화제가 서귀포예술의전당에서 열리기로 했는데, 서귀포시가 대관을 불허하는 바람에 서귀포 성당에서 상영되었다. 이 시점에서 작년에 만났던 한 작가의 말이 떠오르는 것은 전쟁 없는 평화를 소망하기 때문이다.

〈전쟁의 슬픔〉으로 잘 알려진 베트남 작가 바오닌을 만난 적이 있다. 필명이 바오닌(Bảo Ninh, 1952년 10월 18일생)이고 실명은 호앙 아우 프엉Hoàng Ấu Phương이다. 그는 열일곱 살에 베트남전쟁에 참전했던 경험을 바탕으로 쓴 자전적 소설 《전쟁의 슬픔》을 출간한다. 출간되자마자 베트남 작가협회 최고작품상을 받고 2014년 현재까지 열여섯 개 나라의 언어로 번역될 정도로 베트남 내외에서 유명세를 얻은 작가이다. 제주문인협회와 제주작가회의 회원 30명이 그의 집을 방문했다. 사전에 이미 시간 약속을 해 놓은 상태라 저녁시간에 맞추었다.

이런 분을 만나 뵙게 되어서 개인적으로는 영광이 아닐 수 없다. 3층 건물이었는데 1층 거실에 마련된 소파와 간이 의자에 자리를 좁혀 앉았다. 그의 부인이 베트남 차와 귤, 과자 등을 내왔다.

김순이 회장이 먼저 인사를 드렸다.

김순이 : 제주의 작가들이 바오닌 선생을 뵈러 왔다. 건강해 보이고 멋있으시다.

바오닌 : 만나서 반갑다. 우리 부인이 이렇게 한국에서 오니까 영광으로 생각한다. 나도 한국에는 갔었지만, 제주에는 못 갔다. 이다음에 돈을 마련해서 다시 한국에 가 보려고 한다. 운이 좋아서 한국의 작가들과 친구가 되었다.

이어서 참석한 분들의 질문과 답으로 대화는 이어졌다.

Q1. 한국인에 대한 감정은?

A : 전쟁 당시와 지금 감정은 다르다. 베트남 사람들은 한국 군인을 모르는 사람이 없다. 전쟁이었으니까. 그때는 누구라도 싸울 수밖에 없었다. 이해한다.

Q2. 전쟁과 평화, 우리는 어떻게 살아야 하는가?

A : 나는 전쟁을 겪어 봐서 전쟁이 무엇인지 안다. 오히려 전쟁을 겪고 나서 평화의 소중함을 알았지만, 과연 세상에서 전쟁을 막을 수 있을까 생각한다. 우리가 시를 쓰고 소설을 쓰고 문학을 하지만 전쟁 앞에서 문학이 얼마나 무용한지 안다. 북한과 한국은 관계가 위험하다. 서로 마주 봐야 한다. 나는 지금도 세계가 끊임없이 분열하고 있다고 생각한다. 나는 총 쏘는 일만이라도 피했으면 한다. 지금 베트남과 중국도 위험하다. 어떤 일이 있어도 전쟁은 안 된다. 내가 중국인에 대하여 베트남 청년과 같이 분노하지만, 전쟁은 안된다.

Q3. 소련이 핵폭탄을 보유했는데, 세계 지도자들이 핵전쟁을 막을 수 있는가?

A : 일본에 갔을 때 저쪽에 핵발전소가 있다면서 다들 무서워했다. 그럼에도 인간들은 만들어 내고 있다. 무서운 존재이

다. 인류의 양심이 핵만은 막아내야 한다는 것이 나의 희망이다. 청년들이 히로시마른 보는 것이 필요하다. 젊은 사람들이 히로시마를 볼 필요가 있다. 핵무기에 대하여 불감증이다. 이런 것들을 막아내는 데 우리 문학이 역할을 해야 한다.

　귀로, 사진으로, 영화로 본 전쟁은 직접 겪은 사람과는 다르다. 그의 집을 나서며 문학하는 사람들의 책무를 다시 생각해 보았다. 시를 쓰고, 소설을 쓰고, 수필을 쓰는 이유가 작가마다 다르겠지만, 공통의 책무가 있다면 세계의 평화를 위해, 전쟁을 막기 위해 문학이 총과 탄약의 방패가 되어야 한다는 생각을 했다. 바오닌의 주름진 얼굴에 흘러내린 그의 머리카락과 선한 눈빛이 눈에 선하다.

(2016. 10.)

# 평화를 소망하며

지난 4월 평화, 생명, 인권 교육의 일환으로 3-6학년 어린이들이 4·3의 유적지인 섯알오름 학살터, 백조일손지묘와 큰 널궤를 둘러보았다. 전교생이 4·3 그림책 「나무도장」을 읽고 작가 권윤덕님과 대화의 시간도 가졌다. 4·3의 흔적들을 통해 평화·인권의 가치와 의미를 되새길 수 있기를 바라는 마음에서다.

전쟁을 겪어 보지 못한 세대들은 전쟁이 얼마나 무서운 것인지 느끼지 못한다. 6·25전쟁과 제주 4·3사건을 직접 겪은 우리 부모 세대들의 이야기만으로도 전쟁은 결코 해서는 안 되는 것임을 안다. 경제난으로 허덕이면서도 핵개발에 돈을 쏟아붓는 김정은을 생각하면 북한 주민이 불쌍하기도 하고, 한반도에서 다시 전쟁이 일어나지 않을까 하는 염려도 된다.

지난해 제주의 문인들 여럿이 베트남을 방문했을 때, 「전쟁의 슬픔」이라는 책으로 잘 알려진 베트남 작가 바오닌Bảo Ninh을 만났다. 그는 열일곱 살 때 베트남 전쟁에 참여했고 전쟁 속에서 살아남은 사람이다. 그것을 자전적 소설로 쓴 것이 「전쟁의 슬픔」이다.

베트남 전쟁의 아픈 흔적들을 직접 돌아보며 전쟁의 참상을 실감했던 터라 그를 뵙는 일이 왠지 죄스러운 생각이 들었다. 한국에 대한 생각을 묻자 그는 다음과 같이 말했다.

"전쟁 중에 있었던 일이라 다 이해하고 용서한다. 나는 전쟁을 겪어 봐서 전쟁이 얼마나 무서운 것인지 안다. 오히려 전쟁을 겪고 나서 평화의 소중함을 알았다. 북한과 한국, 베트남과 중국은 서로 위험한 관계에 있다. 지금도 세계는 끊임없이 분열하고 있으니 세상에서 전쟁을 막을 수 있을지 염려된다. 하지만 서로 총을 겨누는 일만이라도 피했으면 한다. 어떤 일이 있어도 전쟁은 안 된다."

용서한다는 그 말과, 평화를 염원하는 그의 절절한 마음이 잠시 모두를 먹먹하게 했다. 다른 분이 핵전쟁을 염려하는 질문을 했다. 그는 의미심장한 표정으로 인류의 양심이 핵만은 막아내야 한다면서 핵무기에 대하여 불감증인 청년들, 젊은 사람들이 히로시마를 볼 필요가 있다고 힘주어 말했다. 전쟁의 참상을 보고 평화의 소중함을 깨달아야 한다는 뜻이었다.

일본의 나가사키 원폭 박물관을 둘러보았을 때의 참담함이 다시 떠올랐다. 원자폭탄이 투하된 1945년 8월 9일 11시 2분에 시곗바늘은 멈추었지만, 시간은 살아 흐르며 역사를 만들고 있다.

작가가 시, 소설, 수필 등등으로 삶을 이야기하듯이 우리들 각자의 생활은 다르겠지만, 공통의 책무가 있다면 이 땅의 평화를 위해, 더 나아가서 전쟁을 막는 일에 연대하는 일이다. 청소년들에게 평화, 생명, 인권 교육을 실시하는 것도 그중 하나이다. 백조일손지묘에 흰 국화 한 송이씩 바치는 아이들의 마음이 평화의 꽃이 되고 열매가 되리라. 평화로운 인류공동체를 만드는 일은 한 사람 한 사람의 작은 희망이 모아질 때 가능하다는 생각으로 작은 실천을 시작할 때이다.

(2016. 5. 10. 제주일보 해연풍)

# 영모원을 찾아서

올해가 4·3 70주년이 되는 해다. 70년 전의 사건이 올해 특별하게 다가오는 이유는 4·3교육이 학교 안으로 들어오면서 어떻게 교육할 것인가에 대한 고민이 점점 커졌기 때문이다. 필자에게도 4·3은 베일 속에 가려진 듯 자꾸 들여다보고 싶은 사건이었다. 어머니를 통해서 외가 식구들이 행방불명되었고, 더러는 죽임을 당했다는 말, 산에 올라간 사람과 바닷가 마을로 내려간 사람들과의 희비가 엇갈리는 상황을 들으면서도 왜 그런 살상극이 있었는지에 대하여 차마 더 따져 묻지 못하였다.

교육청에서는 4·3을 평화와 인권 교육으로 승화시켜서 교육할 것을 권하고 있지만, 4·3에 대하여 제대로 배워 보지도 못한 세대가 4·3을 가르쳐야 하는 입장이 되었으니 교사들도 부담스러운 게 사실이다. 선생님들은 4·3을 조금이라도 몸으로 느끼기 위해 섯알오름 학살터를 다녀오기로 하고 학생들은 가까운 영모원을 찾아 참배와 환경정화를 하기로 했다.

학교에서는 국화 바구니를 준비하고 학생들은 비닐봉지와 젖은 걸레를 준비했다. 하귀일초등학교에서 남쪽으로 약 20여 분을 걸어 올라가면 애조로가 나오고 길을 건너면 영모원 英慕園이라는 글이 새겨진 안내석을 볼 수 있다. 지번으로는 하귀1리 1134-2번지이다.

30여 미터 걸어 들어가면 가운데 흰 대리석에 '慰靈壇'이라 쓰인 커다란 비와 제단이 있으며, 세 개의 비가 자연석 위에 세워져 있다. 제단 앞 잔디밭에는 제단으로 가는 길 양옆에서 사자상과 낮은 향나무가 제단을 지키는 듯 조용히 서 있다. 이곳의 특징은 4·3 희생자 위령비, 호국영령 충의비, 위국절사 영현비가 한곳에 있다는 것이다. 위령비는 4·3 때 죽어간 영혼들을 위한 비이며, 충의비는 6·25 때 국가를 위해 목숨을 바친 분들을 위한 비, 영현비는 일제 때 독립운동하신 분들을 기리는 비이다. 위령비의 제목이 '여기와 고개 숙이라.'이며 비문은 '섬나라 이 땅에 태어난 이들은 모두 여기 와서 옷깃을 여미라.'로 시작된다.

비문 내용과 함께 영모원의 조성 과정과 각 비에 담긴 뜻을 학생들에게 설명했다. 영모원은 4·3 희생자뿐만 아니라 항일 운동가와 한국전쟁의 희생자들을 한곳에 모셔 추모하기로 하고 3년여의 준비 끝에 2003년 5월 27일 개막식을 가졌다. 입구에서 들어오다 보면 왼편 비석에 영모원을 만들 당시에 십시일반 헌금을 한 사람과 금액이 적혀 있다. 국가나 제주도의 도움을 받지 않고 하귀리 사람들의 자발적인 모금으로 만들어진 곳이라 더 자랑할 만하다고도 했다. 예부터 독립운동 하면 '동 조천, 서 하귀'라는 말처럼 하귀리는 많은 항일 운동가들이 있었던 자랑스러운 마을인 반면, 4·3 당시에는 약 300여 명이 목숨을 잃은 가슴 아픈 마을이기도 하다. 그야말로 질곡의 아픈 역사를 몸으로 살아낸 마을이다.

전교 학생회 회장이 위령단에 흰 국화 바구니를 올렸다. 돌향로에는 눈물처럼 빗물이 고여 있었다. '여기와 고개 숙이라.'라는 말처럼 이곳에 있는 모든 영혼들의 영원한 안식을 위해 모두 고개를 숙였다. 학생들도 숙연한 모습이다.

어떤 이유로 죽었든 죽은 이에 대한 산 이의 도리는 그들의 영원한 안식을 빌어 주는 일이다. 그다음 죽은 이의 뜻을 받들어 후손들이 잘 살아내는 것이다. 일제강점기, 6·25전쟁, 4·3사건을 치르며 수많은 희생자들이 있었기에 지금의 내가 있음을 학생들은 알까.

이제 세 개의 비문에 담긴 글을 찬찬히 읽어 보며 비석을 깨끗이 닦아 드리는 시간이다. 학생들은 저마다 가지고 온 젖은 걸레로 비석을 닦는다. 글자 속에 낀 먼지까지 닦아내는 학생, 제단을 닦고 또 닦으며 쓰다듬는 학생, 일일이 비문을 소리 내어 읽어 내려가는 학생, 비문의 아픈 내용을 가슴에 담고 말없이 걸레질만 하는 학생, 닦은 비석을 또 닦으면서 비석이 깨끗해졌다고 자랑하는 학생, 주변의 쓰레기를 주워 담는 학생, 모든 손길 하나하나가 아름답고 대견하다. 이게 바로 후손들이 해야 할 모습이 아닌가 하는 생각이 들었다. 비문을 읽다 보면 '죽은 이는 부디 눈을 감고 산 자들은 서로 손을 잡으라.' '이 돌 앞에서는 더 이상 원도 한도 말하지 말자.' 등과 같이 가슴을 콕콕 찌르는 문구가 많다. 과거의 고통과 상처를 화해로 승화시키며 밝은 미래를 지향하는 하귀리 주민들의 마음을 읽을 수 있다.

학교로 돌아가기 전에 위령단 앞에서 간단히 소감을 발표해 보라고 하였더니 한 학생은 우울한 표정으로 "왜 이런 아픈 역사가 있었는지 가슴이 아프다.'고 했고, 다른 한 학생은 '이곳이 하귀리 주민들 스스로 만든 곳이라 자랑스럽다.'고 했다. 이 후 교실에서 이어지는 4·3교육은 훨씬 생기가 넘쳤을 것이다.

(2018. 제주수필)

# 4·3 동백꽃으로 피어나다

출근에 앞서 거울을 본다. 까만 외투의 왼쪽 깃에 빨간 동백꽃이 오늘도 힘내라고 방긋 웃는다. 70년 전 떨어진 동백꽃이 다시 돌아와 내 왼쪽 가슴에 피었다. 왠지 자랑스럽다. 올해가 4·3 70주년이 되는 해다. 4·3 70주년을 기념해 만든 배지가 이제는 제주도민 모두의 가슴에서 피어나고 있다. 아니 전 국민의 가슴에서 피어날 날이 머지않았다.

4·3이 드디어 대한민국의 역사로 자리 잡게 될 것이라는 믿음이 생긴다. 4·3 70주년 기념사업회를 비롯한 관련 단체에서 4·3을 대한민국의 아픈 역사로 알리기 위해 전국적으로 다양한 행사를 하고 있다. 각 지방에 4·3 추념 분향소도 마련하고, 자전거 행진으로도 4·3을 알리고 있다.

지난 4월 7일은 우리 역사상 처음으로 4·3 70주년 추념미사를 명동성당에서 했고, 광화문에서는 국민문화제가 열렸다.

그 역사적 순간을 함께하기 위해 서울행 비행기에 올랐다. 미사를 기다리는 사람들과 4·3을 알리는 사람들, 제주의 각 본당 신자들, 타지방 신자들, 그 외 4·3에 관심을 가진 많은 이들이 성당 마당을 채웠다. 오후 3시가 되자 미사는 시작되었다. 미사는 주교회의평화위원회, 민족화해위원회가 주관하였고 강우일 주교님께서 강론을 하셨다. 추념미사는 70년 전 제주에서 일어났던 4·3사건을 이제는 대한민국의 역사로 받아들여야 한다는 사실을 선포한 역사적이고 의미 있는 미사였다.

그날 저녁 광화문 광장에서는 4·3 70주년 광화문 국민문화제가 열렸다. 광화문 광장에는 낮에부터 4·3을 알리는 다양한 부스 운영이 있었고, 저녁에는 야외무대 공연이 있었다. 날씨는 너무 추웠다. 찬바람에도 아랑곳하지 않고 무대는 뜨거웠다. 노래와 극, 위령 춤 속에 지난 4·3의 슬픈 역사를 다시 불러왔다. 그 당시의 삶은 산 사람도 삶이 아닌 죽음과 같은 삶, 死 삶이었다.

이유 없이 죽어간 사람들이 살아 돌아와 왜 죽어야 했는지, 왜 그래야 했는지 절규하였다. 아무도 말하지 못했던, 가슴에서만 맴돌았던 억울함을 70년이 지난 후에야 소리 내어 외치는 것이다. 남아 있는 그 누구도 왜 그래야 했는지 확연하게 대답할 수 없는 답답함이 가슴을 채웠다. 이제라도 그 아픔을 위로할 수 있어서 다행이다.

가수 안치환이 부른 '잠들지 않는 남도'가 무겁게 울려 퍼졌
다.

> 외로운 대지의 깃발
> 흩날리는 이녘의 땅
> 어둠살 뚫고 피어난
> 피에 젖은 유채꽃이여
> 검붉은 저녁 햇살에
> 꽃잎 시들었어도
> 살 흐르는 세월에
> 그 향기 더욱 진하리
> 아아
> 아 반역의 세월이여 이 잠들지 않는 남도
> 한라산이여…….

어머니의 말씀이 떠오른다.
"그때는 산에 올라간 사름도 죽고, 해안드레 내려간 사름들
도 하영 죽었져. 우리 외삼촌도 산에 가노랜 허멍 나간게 그

게 끝이라. 어디서 어떵 죽어신디사……" 어머니의 가슴에도 70년 전의 아픔이 오롯이 남아 있다. 4·3의 응어리를 가슴에 품어 온 통곡의 세월을 누가 보상해 줄 것인가? 그 아픔을 누가 위로해 줄까?

역사가 그 몫을 해야 한다. '4·3은 우리 모두의 역사입니다.'라는 외침이 그 답인 것이다. 4·3은 제주만의 사건이 아니다. 우리나라의 역사로 자리 잡고 치유와 회복에 국가가 나서야 한다. 제주에서 있었던 사건이며, 국가 공권력에 의해 무수한 양민들이 동백꽃처럼 툭툭 떨어져 선혈로 제주 땅을 붉게 물들였던 4·3이 이제 대한민국의 역사의 한 자락으로 자리 잡아야 할 것이다. 그동안 쉬쉬하면서 금기처럼 대했던 4·3이 세상 밖으로 나와 전국, 전 세계로 외칠 수 있게 되어서 정말 다행이다.

70년 전에 흘렸던 3만여 명의 붉은 피가 이제는 동백꽃으로 피어나 제주의 봄을 알릴 것이다.

(2018. 제주펜 엔솔로지)

# 희생 제물

추석연휴 끝자락 토요일이 프란치스코 성인의 오상축일이어서 오랜만에 십자가의 길 기도에 동참할 수 있다는 생각에 며칠 전부터 그날을 기다렸다. 당일 아침 기도 장소가 신제주 성당에서 서문성당으로 바뀌었다는 문자를 받았고, 서문성당에 가서야 상황을 알게 되었다. 우리는 아픈 마음으로 함께 십자가의 길 기도를 바쳤다. 수술이 잘되고 다시 일어날 거라 생각했다. 다음 날 듣고 싶지 않은 청천벽력 같은 소식을 듣는 순간 나도 모르게 하느님을 원망했다. 세상의 이치가 다 헤아려 보면 하느님의 깊은 섭리가 있음을 알면서도 그 순간만큼은 가해자에 대한 분노와 함께 하느님께 대한 실망이 뒤엉켜서 마음은 진흙탕이 되었다. 하느님의 자녀로 프란치스코 성인의 영성을 온전히 이어받아 완덕의 삶을 살려고 했던 분이 왜 죽임을 당해야 했는지 이해할 수가 없었다. 더구나 성당 안에서 기도 중에 그런 일이 발생했으니 하느님의 깊은 뜻을 헤아리기 전에는 뭐라 설명할 수가 없는 일이었다.

영정 앞에서 기도하는 많은 신자 분들의 표정은 침통한 분위기 속에서도 차분하였다. 영정 사진은 조문하러 오신 분들을 환영이라도 하듯이 곱게 웃고 있었다.

매월 첫째 주일 날 서문성당에서 그녀와 함께했던 시간들이 영정 속에서 되살아난다. 준비되지 않은 이별 앞에 추억은 고통 외에 아무것도 아니었다. 그녀가 신앙 안에서 어떤 삶을 살았는지는 나보다 성당 교우님들이 더 잘 알고 있었다. 성당에서도 궂은일이나 힘든 일을 마다하지 않고 묵묵히 할 일을 하셨던 분, 이웃에 봉사를 실천하셨던 분이라고 입을 모았다.

슬픔 속에서도 전국에서 고인을 위한 기도가 이어졌고 장례미사에서 강우일 주교님을 통해 고인의 죽음이 헛되지 않은 것임을 느끼게 되었다. 주교님께서는 고인은 우리 시대의 과욕과 죄악 때문에 희생되었고, 티 없는 어린양과 같이 제물로 주님께 봉헌되셨다고 했다. 제주의 원초적인 평화로 다시 돌아가도록 촉구하고 우리를 회심으로 초대하는 당신의 봉헌이라고 말이다. 제주도가 더 이상 경제적 성장과 수익만을 추구하는 무분별한 탐욕에서 벗어나야 한다는 경고로 희생제물이 되었다는 것이다.

죽음의 탓을 외국인들에게 돌리기보다 경제적 성장과 수익만을 분에 넘치게 추구하는 우리 자신들의 무분별한 탐욕에 그 탓을 돌려야 한다는 주교님의 말씀이 더 크게 다가왔다.

치솟는 땅값은 투기꾼들만 즐기고 있고, 파헤쳐지는 자연은 아랑곳하지 않고 개발이익에만 눈이 먼 불합리한 경제구조를 멈추게 하는 일이 우리의 과제이다. 연동에 가 보면 여기가 제주도인지 중국인지 착각이 될 정도다. 간판도 중국어 일색이다. 상점에서는 중국어로 손님을 맞으니 한국 손님이 오히려 머쓱할 정도니 주객이 전도된 제주도의 모습이다.

제주도는 이제 예전의 제주도가 아니다. 전국에서 강력범죄 1위, 쓰레기 투기량도 1위의 불명예를 달게 되었다. 아름다운 자연과 함께 누구나 열심히 일하면 먹고사는 데 부족함이 없는 그야말로 사람 사는 맛이 나는 곳이었다. 언제부터인가 개발이라는 명분으로 자연이 파헤쳐지고 건물이 올라가면서 제주도는 인정이 넘치는 사람이 사는 곳이 아니라 돈 있는 자들이 와서 먹고 쓰고 쓰레기를 남기고 떠나는 곳이 되어 버렸다. 그것도 모자라 어디를 개발해야 된다고 목소리를 높이는 사람들이 있으니 그 결과가 어떻게 될지 생각만 해도 안타깝다.

2016년 10월 2일, 오늘은 재속프란치스코 제주지구형제회

합동 서약식이 있는 날이다. 어제부터 이시돌 피정의 집에서 피정을 하는 형제자매님들이 글라라 수도원 성당에 모였다. 서약하실 형제님들은 양복, 자매님들은 고운 한복차림이다. 서약을 기다리는 자매님들을 보니 며칠 전 중국인 관광객에 의해 숨진 김성현 루시아 자매님이 떠올랐다. 김 루시아 자매님은 오늘 이 자리에서 종신서약을 받기로 되어 있었다. 바람으로라도 이 자리에 함께하고 있을 거라 생각하면서도 빈자리는 더욱 허전하다.

'천 개의 바람이 되어' 노래가 며칠째 가슴에서 떠나지 않는다.

'나의 사진 앞에서 울지 마요. 나는 그곳에 없어요.

나는 잠들어 있지 않아요. 제발 날 위해 울지 말아요.

나는 천 개의 바람, 천 개의 바람이 되었죠.

저 넓은 하늘 위를 자유롭게 날고 있죠.


가을엔 곡식들을 비추는 따사로운 빛이 될게요.

겨울엔 다이아몬드처럼 반짝이는 눈이 될게요.

아침엔 종달새 되어 잠든 당신을 깨워 줄게요.

밤에는 어둠 속에 별 되어 당신을 지켜 줄게요.'

이 시대의 탐욕을 멈추게 하라는 순교의 제물로 바쳐진 김성현 루시아 자매님의 영혼에 영원한 빛을 비추소서. 영원한 안식을 주소서.

(2016. 제주수필문학선집)

# 성모성월 5월

5월 초입에 연휴가 있어서 모처럼 계획했던 해파랑길을 걸으려고 부산으로 출발했다. 해파랑길은 부산 오륙도 공원에서 시작하여 강원도 고성까지 동해바다를 보면서 걸을 수 있는 770km의 길이다.

5월은 계절의 여왕이 맞다. 신록과 동해의 푸른 바다가 더없이 아름답다. '동해물과 백두산이 마르고 닳도록 하느님이 보우하사 우리나라 만세'가 저절로 외쳐진다. 바다에서 불어오는 미풍에 젖은 땀이 달아나고 반짝이는 잎들은 하느님을 찬미하듯 춤을 춘다. 이토록 아름다운 자연을 창조하신 하느님께 감사하고 걸을 수 있도록 건강을 주신 부모님께 감사하다.

가톨릭에서는 5월을 성모성월이라 한다. 각 본당마다 성모님의 신심을 찬미하는 성모의 밤 행사를 한다. 교구 차원의 성모의 밤은 이시돌 삼뫼소 야외성당에서 개최된다.

묵주알을 돌리며 걷는데 수녀님으로부터 건회가 있다. 본당 성모의 밤에 성모님께 바치는 헌시를 써서 낭송해 달라는 것이다. 순명하는 마음으로 '예.'라고 대답은 했지만 숙제를 받은 마음은 무겁기만 했다. 몇 해 전 성모의 밤 때는 성모님께 드리는 글을 써서 낭독한 적이 있는데, 울컥하여 눈물이 났었다. 편지글은 어찌어찌 쓰겠는데 헌시를 쓰라니 막막했다.

이것도 하느님의 섭리이고 은총이라고 생각하고 성모님께 기도했다.

'성모님, 제가 성모님께 많이 부족하지만 잘할 수 있게 도와주세요.' 걸으면서도 내내 성모님 생각으로 가득 찼다. 성령으로 아들을 잉태하리라는 말을 들었을 때의 성모님, 가나에서 첫 기적을 일으키시게 하는 성모님을 떠올리며 성모님을 이해하고자 하였다. 십자가형을 받으시는 아들을 바라보시는 성모님을 떠올리자 가슴이 저려 왔다. 성모님과 조금은 가까워진 기분이다. 서툴러도 성모님은 그 마음을 헤아려 주실 거라 믿기 때문에 쓰는 용기가 생겼다.

본당 성모의 밤은 시작되었고, 헌시 낭독의 때가 되었다. 은은한 음악이 흐른다. 하얀 한복 차림으로 마이크 앞에 섰다.

## 성모님께


사랑하올 성모님
5월의 신록이 눈부시게 빛나고
알록달록 꽃들의 향연이
빛이 되고 사랑이 되어
어머니를 찬미하게 합니다.

성모성월 5월은
천상 은총의 어머니의 품처럼 감미롭고
살랑이는 잎들은 부드러운 성모님의 손길이요
찬란히 피어난 꽃들은 성모님의 향기입니다.

주님의 자녀로
성모님께 한없이 부끄러운 저희들은
감히 성모님을 닮고 싶은 마음으로 성모님 앞에 모였습니다.

처녀의 몸으로
아들을 잉태하였을 때

'예, 주님의 뜻대로 이루어지소서.'
믿음으로 순명하신 여인이시여
저희도 하느님 뜻에 순명하는 지혜를 품어 살게 도와주소서.


가나의 혼인잔치에서
'그가 시키는 대로 하여라.'
주님에 대한 믿음을 확신하신 어머니이시여
저희도 그 믿음 흔들리지 않게 지켜주소서.


예수님께서
'누가 내 어머니이며 형제들입니까?' 하였을 때도
서운함을 감추시고 묵묵히 지켜보았던 어머니
십자가형을 받고 죽음으로 향하는 아들 앞에서도
찢어지는 고통을 홀로 삼키신 눈물의 어머니


이해할 수 없는 일에 당혹해하지 않으시고
화나는 일에 화를 내지 않으시고

억울한 일에 이의를 제기하지 않고

곰곰이 생각하며 가슴 깊이 담아둘 수 있는

성모님의 지혜를 닮고 싶나이다.


원죄 없이 잉태되신 마리아여,

저희들도 겸손과 성실, 온유와 항구한 기도로 무장하여

그리스도인의 향기를 내뿜어

근심하는 이에게 위안이 되고

괴로운 이에게 위로가 되며

가족에게 힘을 주는 희망이고 싶나이다.


교회의 어머니이신 성모님

어머니처럼 기도 안에서 활력을 찾게 도와주소서.

어머니처럼 믿음 안에서 희망을 찾게 도와주소서.

어머니처럼 겸손함으로 자만함의 죄에 빠져들지 않게 해

주소서.


주님과 함께 사는 것은 은총이요 감사가 되게

삶의 순례 길에서 저의 손을 놓지 마시고

주님께로 이끌어 주소서

천상모후의 어머니,

찬미하오며 사랑하옵니다.

2017년 5월 성모의 밤에

김순신 모니카 올림

(2017. 애월문학)

# 프란치스코의 영성을 배우며

이시돌 피정센터를 향하는 마음은 미리 숙연해진다. 해마다 한 번씩 이곳 피정의 집에서 하룻밤을 지내는 일은 그냥 하룻밤이 아니다. 재속 프란치스칸으로서 어떻게 살아야 하는가에 대한 질문에 스스로 답을 찾아보고, 프란치스칸 영성을 더 배워 영적 배고픔을 채우기 위한 시간이기도 하다.

피정이 있을 때마다 '신앙인으로서 나는 왜 배워야 하는가? 누구로부터 무엇을 배워야 하는가?'를 진지하게 생각해 본다. 영성적인 건강은 신체적 건강 못지않게 중요하다. 신앙의 힘으로 영성적으로 충만한 삶을 살고 싶다면 배워야 한다. 신앙도 배우지 않으면 깊이가 없고 성장이 없기 때문에 배움이 필요하다.

특강을 해 주신 정진철 마르코 신부님께서는 영성적인 삶을 살 수 있는 방법은 억지로라도 그런 삶을 살려고 노력해야

한다고 했다. 백번 맞는 말이다. 신앙생활뿐만 아니라 다른 일
도 저절로 이루어지는 일은 없다. 억지로라도 하고가 하는 의
지가 필요하다.

프란치스코 성인의 삶의 발자취를 따라 살고자 서약은 했
지만 그렇게 살지 못하고 있다. 그래도 억지로라도 그렇게 살
아 보려 노력은 한다. 그러다 보면 완전한 삶은 못 되어도 최
선의 삶은 될 수 있기 때문이다. 누구나 최선의 삶을 살기 위
해 다양한 배움을 선택한다. 누구로부터 무엇을 배우느냐의
선택은 개인의 몫이다. 인생은 배움의 연속이다. 매일의 삶이
새롭다면 매일 배우고 성장하는 것이라고 할 수 있다.

'세상은 변한다.'는 것이 변하지 않는 진리가 되어 버린 이
시대에 변화하는 시대상황 속에서 어떻게 중심을 잡을 것인
지 흔들릴 때가 있다. 그때 나를 곧추 잡아 줄 스승이 필요하
다. 세상적인 눈으로 보면 나를 이끄는 것이 세상일 수 있다.
많은 사람들이 세상이 스승이라고 여기며 살아가고 있다.

영성적으로 충만한 삶을 살고자 한다면 세상이 스승이 되
어서는 안 된다. 적어도 영성적 눈으로 봐야 다른 스승이 보
인다. 그래야 세상의 가르침대로 살지 않겠다는 용기가 생긴
다.

예수는 세상 것이 아닌 하느님을 스승으로 삼고 평생 그의

가르침을 따랐다. 프란치스코 성인은 예수를 스승으로 삼고 철저하게 회개하는 삶을 살았다. 가톨릭 신앙인으로서 더 나아가 재속 프란치스코회 회원으로서 그에 걸맞은 영성생활을 하기가 쉽지 않다. 가톨릭 신자로서의 정체성 위에 프란치스칸으로서의 정체성이 더해지면 어깨는 더 무거워진다. 명확하게 프란치스칸으로서의 삶이 있기 때문이다. 프란치스코 성인의 가르침을 따르고 살겠다고 서약했지만 걸음마 수준이다. 피정에 참여하면서 깊은 묵상으로 프란치스코의 영성을 배운다. 함께하는 형제자매님들에게서도 배운다. 누구를 만나느냐에 따라 삶이 달라진다는 말이 있다. 행복한 사람들을 가까이하면 행복해지고, 영성적으로 충만한 사람들과 함께하다 보면 그 영성을 배우게 된다. 그들이 내가 닮고 싶은 나의 스승이다. 예수의 사랑 안에서 프란치스코 성인의 뜻을 따르는 사람들과 함께할 수 있다는 게 감사하다. 그들은 나의 부족함을 일깨워 주어 영성적 배움에 동기를 주기 때문이다.

배움은 어렵고 갈등을 몰고 온다. 배운다는 것은 모르는 것을 배우는 것이지 아는 것을 배우지는 않는다. 모르는 것을 접하는 것 자체가 스트레스이다. 이걸 해야 하나 말아야 하나 하는 갈등이 일어나게 된다. 때론 머리 아프고 골치 아프다. 그래서 배움은 도전이다. 도전한다는 것은 현재의 자신을 부정해야 한다. 배움을 통해 지금의 내 모습을 그대로 가져가는 것이 아니라 현재의 모습에서 벗어나야 하기 때문이다.

신앙적으로 배운다는 것은 회개하는 것이다. 프란치스코 성인은 예수에게서 회개를 배웠다. 나도 프란치스코의 삶을 통해 회개를 배울 수밖에 없다. 가난의 삶, 피조물을 사랑하는 삶을 배운다. 가난을 삶의 양식으로 받아들인다면 세상 안에서의 돈을 바라보는 관점이 보다 자유로울 수 있어서 좋다. 모든 피조물이 하느님께서 창조하신 형제자매라고 여긴 프란치스코는 날아다니는 새와도 대화를 했고, 심지어 태양, 달, 물, 불, 죽음까지도 형제자매로 찬미하였다. 평생 회개의 삶을 살았던 그는 하느님께 끝없이 질문을 하였고, 예수님께서는 그에게 오상의 상처로 답을 하였다. 예수님처럼 회개의 삶을 살았다는 것을 증명해 준 셈이다.

콩나물이 쑥쑥 자라게 하려면 물을 제때에 주어야 하듯이 신앙생활에도 배움이라는 물을 주는 것을 게을리하지 말아야 한다. 하느님의 자녀로 불러 주심이 은총이고, 주변에 프란치스코의 영성을 따르는 분들과 함께할 수 있는 것이 또한 은총이다. 자꾸 뭐든지 나누는 그 자매님, 화낼 만한 일에도 웃으며 넘어가는 그 형제님, 늘 화장기 없는 맨얼굴로 환하게 미소 짓는 자매님, 환경 살리기에 두 팔을 걷어 올리는 형제자매님들과 신부님들이 멋진 스승님들이다. 오늘도 그분들 발꿈치라도 따라가려고 아장아장 배움의 걸음을 걸어 본다.

(2018. 제주문학)

# 故 최정숙의 향기 아프리카에 피지다

　제주의 독립운동가, 여성운동가, 교육자, 의사, 사회활동가였던 故 최정숙 선생을 다시 한 번 생각하게 하는 기사를 접했다. 그녀의 숨결이 담긴 학교가 아프리카의 '부룬디 공화국'에 건립된다는 내용이었다. 선배 교육자, 신앙인으로 존경하는 분이라 솔깃하고 가슴이 설레었다. 아프리카 중부의 면적 2만 7830㎢, 인구 약 1,200만 명, 국민총생산 34억 달러인 가난한 나라에 '최정숙여자고등학교'가 설립된다니 자랑스러운 일이 아닐 수 없다. 여고가 설립되면 200명의 여학생들이 기숙사 생활을 하면서 기술교육과 고등교육을 받게 된다고 한다. 2018년 9월이면 학교에는 깃발이 펄럭이고 희망 가득 찬 여학생들의 웃음소리가 메아리칠 것이다.

　최정숙여학교 설립이 꿈을 이루기까지는 '최정숙을 기리는 모임'이 선도적 역할을 했다. 2014년부터 빈민국에 최정숙여

학교 설립을 위해 모금운동을 벌여 온 것이다. 3년간 모은 돈
이 마중물이 되어 드디어 결실을 맺게 된 것이다. '시작은 미
약하나 끝은 창대하리라.'라는 성경구절이 떠오른다.

최정숙(1902-1997)은 제주 삼도리에서 아버지 최원순, 어머
니 박효원의 2남 4녀 중 큰딸로 태어났다. 그녀의 어머니는
딸들도 교육시켜야 한다는 생각을 하셨고 성품이 곧고 강직
하였으며 희생정신이 남달랐다.

그녀의 삶은 주어진 자리에서 사회와 나라의 발전을 위해
봉사와 사랑을 실천하는 열정적인 삶이었다.

최정숙은 여덟 살 때 신성여학교에 들어가서 열두 살 때 베
아트리체라는 세례명으로 세례를 받았다. 신성여학교 졸업
후 1915년 서울에 있는 진명여자보통고등학교에 입학하여 공
부를 계속하였다. 1919년 3·1운동 당시에는 대한의 독립을
외치며 학생시위를 주도하다가 체포되어 8개월간 옥고를 치
르기도 하였다.

끊임없이 도전하는 정신으로 늦은 나이에 의사 면허를 취
득하고 제주에 내려와 정화의원을 개원하였다. 그때에도 가
난한 병자들을 대상으로 무료 진료를 마다하지 않았으며, 해
방이 되어 고향으로 돌아갈 여비가 없는 어려운 노동자들을
위해 주머니를 털었다.

1953년 신성여자고등학교의 교장으로 일할 때는 무보수로 봉사하면서 교육에 열정을 쏟았다. 그녀의 교육에 대한 열정은 제주도 초대 교육감으로 재직할 때 더욱 꽃을 피웠다. 여러 학교를 세우는 일뿐만 아니라 농촌과의 학력격차 해소를 위해 교사 교류를 하는 등 다양한 정책을 폈다.

사회활동에도 열성적이어서 부녀회를 조직하여 문맹퇴치, 여성의식 개혁운동을 벌였고 적십자 단체 등에서 적극적으로 활동하였다. 1955년에는 교장으로서의 봉사, 빈민구제 및 병원사업의 공로로 로마교황 훈장을 받았으니 그녀가 얼마나 이타적인 삶을 살았는지 짐작할 수 있다. 그녀는 평생 독신으로 집 한 채 없이 청빈하게 살다가 1977년 재속프란치스코회의 복장인 갈색 수의복을 입고 하느님 품에 안겼다.

그녀가 졸업한 진명여고에서는 '자랑스러운 진명인'으로 故 최정숙을 당당히 자랑하고 있다. 교육자, 신앙인으로서 나도 그녀가 자랑스럽다.

(2018. 1. 30. 제주일보 해연풍)

# 죽음으로 지킨 사랑

홍윤애가 어떤 사람인지 알게 된 것은 십여 년 전 김순이 선생님을 통해서다. 제주초등여성행정협의회(초등교원 관리자모임) 연수에서 '제주여성'에 대한 주제로 현장답사 연수를 했다.

그때 홍윤애의 묘를 찾았고, 그 앞에서 홍윤애에 대한 이야기를 들었다.

홍윤애의 묘는 애월읍 유수암리에서 좁은 길을 따라 올라가면 만날 수 있었는데, 당시에는 풀이 무성하여 아무도 돌보지 않은 묘 같았다. 지금은 길도 넓혀졌고 묘도 잘 정비되었다.

홍윤애는 조선시대의 제주 여인이다. 조정철이 제주로 유배를 왔을 때 그를 알게 되어 그와 사랑을 나누게 된다. 사랑의 결실인 딸도 얻게 된다. 그러나 조정철의 정적 김시구 목사의 음모로 홍윤애를 잡아들여 모진 고문을 하며 조정철의 죄를 만들어내려 했다. 그러나 홍윤애는 '공의 삶은 나의 죽음에 있다.'고 생각하며 조정철을 살리기 위해 태어난 핏줄을 언니에게 맡기고 스러져 갔다. 권력 앞에서 그렇게 당당하게 목숨을 내놓을 수 있는 사람은 드물다. 그것도 혈육인 어린 딸을 두고 사랑하는 사람을 살리기 위해서 목숨을 내어놓았으니 그 사랑의 깊이는 감히 헤아릴 수 없고 그 절개는 하늘을 뚫다가도 남는다. 죄인으로 유배 온 한 남자를 사랑한 것이 무슨 죄가 되랴마는, 시대의 굴곡진 창칼은 그녀를 죽음으로 내몰았다.

홍윤애의 죽음으로 조정은 들썩였고, 조정철은 목숨을 지탱하게 된다. 조정철은 유배생활 29년 만에 다시 관직에 등용되는데, 제주목사로 자원한다. 제주에 오자마자 딸을 만나고 사랑했던 여인 홍윤애의 무덤을 찾는다. 그 당시에는 묘가 지금의 전농로에 있었다고 한다. 사무치고 애석한 마음으로 비석을 안고 통곡하는 그 소리는 하늘에까지 닿아 그녀는 들었을 것이다. 조정철은 유배 중에 그녀의 죽음을 애통해하며 쓴 시를 늦게나마 비석에 새겼다.

구슬과 향기 땅에 묻혀 오래된 지 몇 해던가

그동안 누가 그대의 원통함 저 하늘에 호소했나

머나먼 황천길 누굴 의지해 돌아갔을까

푸른 피 깊이 묻혀 버린 죽음은 나와의 인연 때문

영원히 아름다운 그 이름 형두꽃 향기처럼 맵고

한 집안의 높은 절개는 아우와 언니 모두 뛰어났어라

가지런히 두 열녀문 지금은 세우기 어려워

무덤 앞에 푸른 풀 해마다 되살아나게 하려네.

- 오문복 번역


　홍윤애의 절절한 사랑과 그의 절개를 기리는 문화행사가 2013년부터 해마다 이루어지고 있다. 김순이 선생이 제주문협 회장을 맡을 당시에 제주문인협회 주관으로 시작하였는데, 이제는 홍윤애를 기리는 사람들(의녀홍윤애기념사업회 대표 김순이)에 의해 행사가 치러진다. 행사의 취지는 홍윤애의 넋을 위로하고 홍윤애의 사랑과 기개, 권력 앞에 굴복하지 않는 당돌함을 제주 여성들의 상징성으로 승화시키고자 함이다.

　유교식으로 제관초헌관, 아헌관, 종헌관이 제를 올린 다음 그를 기리는 예술 공연을 한다. 절절히 흐르는 시낭송과 몸으로 울부짖는 춤사위 속에서 그녀의 독한 사랑은 다시 살아나고, 은은한 악기 소리에 그 사랑은 하늘로 하늘로 오른다. 이승에서 못다 한 사랑 저승에서 이루소서. 그들에게 영원한 안식을 주소서, 영원한 빛을 비추소서.

　이렇게 추모문화제에 다녀오면 한동안 그녀와 조정철의 아픈 사랑이 어른거린다. 조정철과의 운명적인 사랑을 죽음으로 끝까지 지켜낸 여인과 그 사랑을 잊지 않고 29년 만에 그녀의 묘를 찾은 조정철을 생각하면 이보다 더한 사랑이 있을까 하는 생각이 든다. 얼마나 아름답고 가슴 저리는 사랑인가. 제주 여인 홍윤애가 아니면 그런 모질고 독한 사랑을 할 수가 없다. 제주 여성의 강직함을 홍윤애를 통해서 엿볼 수 있다.

　문학하는 사람으로서 홍윤애와 조정철의 사랑 이야기를 문학적으로 형상화할 수 있는 방법들을 생각해 본다. 지금의 홍윤애 추모문화제에 더 많은 사람들이 동참할 수 있도록 지방자치단체에서 지원과 홍보가 필요하다. 각 지역에 유배문학의 흔적들은 많으나 홍랑처럼 자신의 죽음으로 사랑하는 사람을 지켜낸 경우는 없으며, 더구나 사랑하는 여인을 위해 시비를 세운 경우는 찾아보기 힘든 것으로 알고 있다. 전국적으로 홍윤애의 사랑이야기를 알릴 필요가 있다. 두 사람의 사랑이야기를 널리 알리는 일은 진정한 사랑의 의미와, 권력 앞에 굴하지 않는 강직한 제주 여성상을 알리는 것이다. 이야기를 바탕으로 극을 만들어 공연하는 일도 하면 좋겠다. 진정한 사랑과 정의를 위해 목숨을 바치는 제2, 제3의 홍윤애의 이야기를 발굴하는 가칭 홍윤애 문학제도 생각해 볼 일이다.

(2018. 애월문학)

# 3부 낙관성과 행복

인생을 행복으로 이끄는 낙관성은
긍정에서부터 출발한다.
오늘 이 순간을 긍정하는 삶이 곧 행복한 삶이다.

# '행복' 배워 보셨니요?

제주교육의 시책 중 하나가 '건강하고 안전한 행복학교'이다. 이를 실현하기 위한 다양한 노력과 변화의 바람이 조금씩 불고 있다.

필자는 작년에 서울대학교사범대학 교육연수원에서 운영하는 행복수업 연수를 받은 바 있다. 제주에서도 50여 명의 교원들이 이 연수를 받을 수 있었던 것은 1박 2일의 연수비를 교육지원청에서 지원해 주었기에 가능했던 것이다. 연수의 핵심은 학생들에게 '행복'에 대하여 학문적으로 가르치고 행복을 위한 적극적인 훈련을 하게 하자는 것이었다. 필자도 행복에 대하여 체계적으로 배워 본 경험이 없기에, 국어 교과서를 가지고 국어 교육을 하듯이 행복 교과서를 가지고 행복을 가르쳐야 한다는 취지에 공감하지 않을 수 없었다.

지금 대한민국에는 행복수업 연수를 받은 많은 교사들이

학교에서 행복교육을 하고 있으니 앞으로 행복교육은 선택이 아니라 필수가 될 날이 올 것이다. 행복수업이 곧 행복학교가 되는 것은 아니지만, 행복학교를 만들어 가는 일환이 될 수는 있다. 진정한 교육의 주체가 행복이 무엇이며, 누가, 어떻게 만들어내는 것인지를 알고 실천할 때 행복학교는 이루어진다.

우리나라 청소년들의 주관적 행복지수는 (한국 방정환 재단에 따르면) OECD 국가 중 23위이며, 청소년 자살률은 선두를 달리고 있다. 이러한 이유가 우리나라의 입시중심, 학력위주의 교육 탓으로만 돌려야 할 것인지 생각해 볼 일이다.

학생들은 행복을 원하지만, 행복에 대하여 무엇이 진정한 행복이고 어떻게 하면 행복할 수 있는지에 대하여 잘 알지 못한다. 그저 막연하게 꿈이 이루어지면 행복해질 거라는 기대 속에서 현재를 신음하며 지내는 청소년들을 생각해 보라. 지금까지의 행복교육은 미래의 꿈을 이루기 위해 현재를 참아내고 견디어 내야 하는 것으로 여겨 왔다. 행복은 미래에 있는 것이 아니다.

이제부터라도 학교에서 행복을 가르쳐야 한다. 행복수업은 학문적 근거를 바탕으로 행복에 대한 지식, 행복에 필요한 습관형성을 유도하는 교육이다. 그렇게 하려면 행복 교과서를

가지고 체계적으로 배우면서 반복훈련을 해야 한다. 행복에
도 연습이 필요하다. 행복의 원리를 알고 나서 행복을 실천할
수 있는 경험의 장을 학교가 만들어 주어야 한다. 그러한 것
들을 가르치는 수업이 행복수업이다. 서울대학교 행복연구센
터에서는 행복 교과서도 초·중·고용으로 만들어서 행복수업
하는 선생님들을 지원하고 있다. 현재 많은 교사들이 교과와
연계하거나, 창의적 체험활동 시간 등을 이용하여 행복수업
을 하고 있음을 감안한다면, 장차 교육부 차원에서 교과목에
'행복' 과목이 추가되어야 한다고 생각한다. 모든 인간이 가장
원하는 행복을 국어, 수학만큼도 배우지 않고 어떻게 얻을 수
있겠는가. 이제부터라도 행복에 대한 학문적인 지식을 배우
고 행복하기 위한 적극적인 실천이 따를 수 있도록 학교에서
의 행복교육이 시작되어야 한다.

　며칠 전 우리 학교 행복수업 장면이 눈에 선하다. 학습주제
는 '부정적인 관점을 긍정적으로 바꾸기'였다. 미리 써 놓은
자신의 단점을 친구들이 보고 장점으로 바꾸어 되돌려 주는
것이다. 예를 들면 '숙제를 잘 못해 온다.'는 단점을 '숙제할
시간에 동생을 잘 돌보았다.'며 칭찬으로 바꿔 주는 것이다.
수업시간에 '잡담을 잘한다.'는 친구에게는 '사교성이 좋다.',
'고집이 세다.'는 친구에게는 '자신의 주장을 잘 펼친다.'는 장

점으로 바꾸어 말해 준다. 학생들은 '관점 바꾸기'를 통해 행복을 실천하고 있었다. 단점을 가진 친구나, 장점으로 바꾸어 주는 친구 모두가 행복해 보였다. 수업을 보는 필자도 행복을 배웠다. 가장 가까운 남편의 단점을 장점으로 바라볼 수 있는 또 다른 눈이 생겨서 빙그레 웃음이 나왔다.

(2015. 7. 29. 제주신보)

# 낙관성과 행복

'풍요의 역설'이라는 말이 있다. 이는 물질적 웰빙과 사회 심리적 웰빙 간의 불균형을 의미한다. 과거에 비해 수입이나 소비가 몇 배로 늘어났지만, 삶의 만족도는 거의 변화가 없다는 연구들이 이를 뒷받침하고 있다. 삼십여 년 전보다 학교의 기자재는 좋아졌고, 시설환경도 좋아졌지만, 그 안의 학생이나 교사가 더 행복한 것 같지는 않다.

올 3월에 SBS문화재단의 후원으로 서울대학교 행복연구센터에서 주관하는 '제4기 교사 행복대학'에 입학했다. '행복을 공부하자.'는 모토로 한 달에 두 번, 한 학기 동안 주말에 서울 대학교에서 행복에 관련된 핵심이론들을 강의하고 유명 인사들을 초청해 인문학 특강을 하는 프로그램이다. 행복에 대한 올바른 관점을 찾고, 행복수업을 통해 행복한 교사, 행복한 아이들을 꿈꾸는 남다른 열정을 지닌 선생님들에게 합격의 문을 열어 주었으니 그 열기가 뜨거웠다.

제주도에서 올라가니 대단하다는 인사를 많이 받았지만 멀리 부산, 마산에서 온 선생님에 비하면 이동이 더 쉬운 편이었다. 두꺼운 긍정심리학 책과 행복을 이야기하는 몇 권의 단행본, 청소년 심리학, 사회심리학 강의 요약본을 가방에 넣고 다니는 동안은 마치 서울대학교 학생이 된 듯했다. 훌륭한 교수들의 강의와 유명한 분들과의 인문학적 만남은 지식의 통섭을 통해 태어난 또 다른 학문을 접하는 배움과 힐링의 시간이었다.

행복이론을 바탕으로 행복수업을 설계하고 팀 프로젝트를 해결해 가는 과정에서 팀원 간의 결속력과 친분은 점점 높아졌다. 그 인연으로 팀원 중 네 분 선생님이 제주에서 다시 행복 워크숍을 하자며 올 여름방학에 제주를 찾아 우리 집에서 머물면서 행복수업에 대한 뒷이야기를 나누었다.

행복에 대한 핵심이론은 변인들이 다양하다는 것과 이들이 복잡하게 얽혀 있다는 것이다. 행복에 영향을 주는 변인들 중 외적인 것들보다 개인의 내적 요인이 더 영향력이 크다는 것은 이미 아는 사실이다. '행복은 마음먹기에 달렸다.'는 말도 그런 맥락에서 나온 것이다. 그 '마음먹기'는 그냥 되는 것이 아니라 배우고 익히면서 습득해 나가야 하는 것이다. '행복수업'은 행복에 영향을 미치는 개인의 내적 특성들을 발굴 성장시키는 데에 그 의의가 있다. 그중 중요한 것이 낙관성이다.

똑같은 상황에서 어떤 사람은 희망을 이야기하고 어떤 사람은 절망을 이야기한다. 시부모님 봉양을 힘들다고 하소연하는 친구도 있고, 반면 주변에서는 많이 힘들겠다고 생각하는데도 본인은 의연하게 대처하는 이웃도 있다. 힘들 것 같은 일도 웃으며 문제를 해결하는 학생도 있고, 해 보지도 않고 힘들다고 여기는 학생이 있다. 같은 무게의 짐도 사람마다 다르게 느끼는 것은 능력의 차이보다는 그 사람의 낙관성과 관련이 더 있다.

두 그룹의 학생들을 대상으로 실험을 한 사례가 있다. 한 그룹은 최근에 즐겁고 기뻤던 일을 떠올리게 했고 다른 그룹은 슬프고 기분 나빴던 일을 떠올리게 한 다음 그것들을 쓰고 발표를 하게 했다. 그 후에 곧바로 똑같은 시험을 봤는데 즐거웠던 일을 떠올렸던 그룹이 성취도가 높게 나왔다. 훌륭한 교사는 긍정의 힘이 얼마나 중요한지 잘 안다. 인생을 행복으로 이끄는 낙관성은 긍정에서부터 출발한다. 오늘 이 순간을 긍정하는 삶이 곧 행복한 삶이다.

(2016. 11. 29. 제주일보 해연풍)

# 2등 교장

    어릴 적에 한여름 뙤약볕 아래에서 어머니와 함께 조밭에 김을 맨 적이 있다. 어머니와 비교도 안 될 만큼의 서툰 실력으로 열심히 김을 맸지만, 한 걸음 한 걸음 나아가는 맛에 호미를 놓을 수는 없었다. 땡볕 아래서 김을 매는 날은 하루가 더 길게 느껴졌다. 어머니께서는 이런 딸의 마음을 알았는지 중간중간 물심부름을 시키셨다. 밭 귀퉁이에 있는 나무그늘까지 왕복하는 그 짧은 시간이 참 행복했다.

    『도덕경』을 읽으면서 그때의 생각이 나는 까닭은 한자를 이해하는 일이 뙤약볕 아래서 김을 매는 일만큼이나 어렵고 서툴어서이다. 그래도 간간이 아는 한자와의 만남에서 나름대로의 의미를 찾는 기쁨도 있다. 한글 해설 부분만을 읽어서는 그 깊이를 이해할 수가 없고, 한문으로 뜻을 헤아리기엔 나의 한문 실력이 너무 짧다. 한문에는 아예 무식쟁이나 다름없으니 해설을 참조할 수밖에 없다.

『도덕경』은 노자라는 한 사람이 지었다는 설과 도가학파의 사람들에 의해 여러 차례 편집되어 전해지고 있다는 설이 있는데 후자에 무게를 두는 것이 더 설득력이 있다. 가장 대표적인 판본은 한나라 문제 때 하상공河上公이 주석한 하상공본과, 위나라 때 왕필王弼이 주석한 왕필본이 있다.

도올 김용옥이 해설을 붙인 『노자와 21세기』 상, 하편이 책꽂이를 지킨 지가 오래다. 펼쳐 보니 전에 읽은 기억이 나지 않는다. 펼쳐 보기만 하고 한자 때문에 다시 덮었는지도 모른다.

도덕경의 상편 37장을 道經도경, 하편 44장은 德經덕경이라 하는데, 반 정도 읽으니 슬슬 피하고 싶어지는 건 한자실력의 한계 때문이다. 모르는 수학문제를 풀어야 하는 학생들의 마음이 이러하리라.

쉬엄쉬엄 물심부름하듯이 읽어야겠다는 생각이다. 마음을 흔드는 구절들이 많았지만, 그중에서 지도자는 어떠해야 하는지에 대한 부분이 많은 생각을 하게 했다. 17장에 나오는 말이다.

太上, 不知有之태상, 부지유지. 其次, 親而譽之기차, 친이예지.

其次, 畏之기차, 외지 其次, 侮之기차, 모지.

사람들에게 그 존재 정도만 알려진 지도자가 가장 훌륭한 지도자이며, 그다음은 사람들이 가까이하고 칭찬하는 지도자, 그다음은 사람들이 두려워하는 지도자란다. 가장 좋지 못한 지도자는 사람들로부터 업신여김을 받는 지도자이다.

먼저 학교장으로서 나는 어떤 지도자인지 생각했다. 똑똑하나 게으른 '똑게교장'과 똑똑하고 부지런한 '똑부교장'을 저울질하며 이도 저도 아닌 교장으로 지내는 셈이다. 교사들은 똑부교장보다 똑게교장을 더 좋아한다는 말도 있다. 교장이 개입해야 하는 정도가 어느 선까지라야 하는지에 대한 의문은 아직도 미해결의 문제이다.

노자 철학에 의하면 교장은 말을 많이 하지 말고 교사들이 스스로 잘 알아서 교육을 할 수 있게 하라는 뜻이다. 교장이 있으나 없으나 스스로 그러함에 의해 잘 돌아가는 학교야말로 좋은 학교다.

오랜 교직생활을 하면서 여러 교장선생님을 만났다. 모 교장선생님은 아침에 출근을 하면 퇴근할 때까지 교장실에서 거의 나오는 일이 없으셨다. 직원회의에서도 긴 말을 하지 않으셨다. 그래도 학교는 잘 돌아갔다. 교장에 대하여 불평불만을 하는 말도 못 들었다. 아마 그 분은 그때 이미 노자의 이 구절 太上, 不知有之 태상, 부지유지, 悠兮, 其貴言 유혜, 기귀언을 실 천하신 것 아닌가 하는 생각이 든다. 그러나 그 교장선생님은 왠지 모르게 '가까이하기엔 너무 먼 당신'이었다.

또 한 분의 교장선생님은 수업이 끝나면 교사들과 탁구를 치셨다. 더우면 겉옷을 벗어 던지고 런닝셔츠 바람에 탁구를 치시기도 했다. 말씀도 많은 만큼 정도 많으셨다. 가끔은 교장 답지 않다는 생각이 들 때도 있었지만, 권위적이지 않아서 좋 았고 친근감이 들어서 좋았다. 두 분 다 훌륭한 교장선생님이 시고 존경한다.

노자시대의 철학에 근거하면 가장 으뜸가는 리더십은 無爲 무위의 리더십, 自然 자연의 리더십이라 할 수 있다. 정치도 가 장 좋은 정치는 無爲 무위정치요 그 다음이 仁 인의 정치, 法制 법제정치, 恐怖 공포정치 순이다. '우리나라의 대통령은 어떤 지 도자인가? 또한 북한의 김정은은 어떤가?'라는 질문을 던져 본다.

시대가 바뀌면서 지도자의 리더십도 달라지고 있다. 어디 가나 소통과 융합을 외친다. 쌍방소통을 뛰어넘어 다방면 소 통의 시대다. 교장도 소통에서 제외되면 '왕따'가 된다. 이 시 대의 지도자는 소통과 융합의 시대에 걸맞은 리더십으로 거듭 태어날 때다.

도덕경에서 말하는 가장 훌륭한 지도자는 '가까이하기엔 먼 당신' 스타일이지만, 나는 그보다 '친근한 스타일'교장이 되고 싶다. 존재 정도만 알려진 1등 교장이 아니라 선생님들이 가까이할 수 있고 친근감 있는 2등 교장이 되고 싶다. 소통과 융합은 친근감에서 싹트기 때문이다.

(2016. 제주수필)

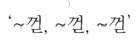

# '~껄, ~껄, ~껄'

"고객님 앞으로 상품 〈나이 한 살〉이 배송 중입니다. 본 상품은 특별배송 상품이므로 취소, 교환, 환불이 불가하고 1월 1일에 도착 예정입니다."

작년 말에 친구가 신년인사로 보내온 문자다. 기발하다는 생각을 하면서 키득키득 웃었던 기억이 난다.

배달된 나이와 함께 1월 1일 희망으로 맞이했던 정유년 한 해가 벌써 저물어 간다. 가을을 좀 더 곁에 두고 싶었는데 어김없이 겨울이 문 앞에 왔다. 찬란한 가을을 입었던 노란 은행나무도 옷을 벗었고, 곱게 물들었던 단풍도 낙엽이 되어 흙으로 돌아갈 채비를 하고 있다. 차가운 바람과 함께 춤추는 바짝 마른 하얀 억새를 보노라니 왠지 허전하고 아쉬움이 뭉클 올라온다. 이해인 시인은 낙엽이라는 시에서 "낙엽은 나에게 살아 있는 고마움을 새롭게 해 주고, 주어진 시간들을 얼마나 알뜰하게 써야 할지 깨우쳐 준다."고 했다. 늘 감사하는 마음으로 하루하루를 헛되지 않게 채우는 것이 의무라고 여기며 나름 알뜰살뜰 살아왔다. 달랑거리는 달력 앞에 서니, 며칠 남은 날에 대한 아쉬움과 지난 시간이 스쳐간다. 지나간 날들에 대한 추억을 감사히 여기고 새해의 희망만을 노래하고 싶지만, 차분히 성찰해 보면 앙금이 보인다. 흐르는 세월만큼 채워지는 것도 있는 반면, 조금씩 새어 나가는 틈도 생겼기 때문이다. 그러기에 다시 새해의 소망들을 꿈꿀 수 있는 한 해 한해를 주는지도 모르겠다.

한 해의 끝자락을 붙잡고 되돌아본다. 올해는 박근혜 대통령의 탄핵사건과 문재인 대통령 당선을 맞은 해이기도 하고, 제주에서 고등학생이 현장실습 중 사고로 목숨을 잃어서 우리를 슬프게 했던 해이기도 하다. 학교 일을 돌아보면, 교육과정 수립을 위한 워크숍, 졸업식과 입학식, 교육과정 설명회, 운동회, 학부모 교실 운영, 교직원 연수, 연구학교 운영 및 보고회, 예술제, 어려운 학생 가정 방문과 여기저기 도움 요청했던 일 등이 보람과 감사로 자리하고 있다. 이 모든 일이 선생님들의 헌신과 열정의 산물이다. 이런 일들이 우리 학교만의 일이 아니기에 이 땅의 모든 선생님들께 지난 한 해의 노고에 격려와 감사를 드리고 싶다.

개인적으로는 팔순이 넘으신 부모님이 건강해서 감사하다. 봄에 아들을 출가시켜 새 가족을 맞이힌 일도 김사힌 일이다. 산티아고 순례길 걷기의 준비로 우리나라 해파랑길 걷기도 시작했고, 9월부터 '교사 행복대학'에 다시 입학한 일도 스스로 격려하고 싶은 일이다.

반면 '~껄 ~껄 ~껄' 하는 아쉬움도 있다. 충분히 사랑받고 있다고 느낄 만큼 선생님들과 학생들을 더 많이 사랑하고 격려해 줄걸, 체중조절과 건강을 위해서 좀 더 꾸준히 운동하고 식사조절을 할걸, 부모님을 더 자주 찾아뵐걸, 더 많이 봉사하고 남을 위해 기도할걸. 지금 와서 '~껄, ~껄, ~껄.' 후회한들 무슨 소용이 있으랴. '~껄, ~껄, ~껄.' 웃어넘기고 최상은 못 되어도 최선의 삶이었다고 스스로 토닥거리며 돌아오는 새해의 희망으로 남겨둘 일이다.

2018년 새해에도 모든 이에게 나이 배달이 될 것이다. 모든 사람들이 배달된 나이를 잘 관리하면서 '껄, 껄, 껄.'보다 '그동안 수고했어!'로 자신을 격려할 수 있는 한 해가 되기를 소망해 본다.

(2017. 12. 12. 제주일보 해연풍)

# 분필

　어린 시절 분필을 가지고 놀다가 낙서를 했다고 선생님께
혼났던 기억이 있다. 쉬는 시간이 되면 아이들은 칠판으로 달
려가 분필쪼가리로 뭔가를 쓰거나 그렸다가 선생님이 오시기
전에 얼른 지우곤 했는데, 미처 지우지 못한 그림이 남아 있
는 날은 선생님께서 '누가 분필을 마음대로 썼느냐?'며 눈꼬
리를 치켜 올리셨다. 그 당시 선생님은 분필 한 자루의 소중
함을 그렇게 지도하셨다. 내가 주로 그리는 것은 꽃과 사람이
었다. 동그라미 옆에 동글동글한 꽃잎을 그리고 줄기와 잎, 화
분까지 그리면 꽃화분이 된다. 지금 생각하면 아무나 그리는
상투적인 꽃이다. 사람을 그리는 것도 마찬가지였다. 공식처
럼 둥근 얼굴에 눈, 코, 입을 그리고 머리는 뽀글뽀글 아니면
넘실거리는 긴 머리였다. 잘 그리고 싶은 마음은 있으나 재능
이 따라 주지 않아 늘 친구들 그림을 보면서 부러워했다.

내가 교사가 되어 교단에 섰을 때, 우리 반 아이들도 칠판에 뭔가를 그리는 것은 좋아했다. 그 아이든은 나이 어린 시절보다 훨씬 다양한 것을 칠판에서 춤추고 놀게 했다. 분필이 교실 밖으로 나와 건물 벽이나 전봇대에도 흔적을 남기기도 했다. 누가 낙서를 했느냐고 물으면 묵묵부답이었던 그때의 아이들은 이제 분필을 만져 보기가 힘들게 되었다. 요즘 우리나라의 교실에서는 분필을 거의 쓰지 않는다. 분필가루가 건강에 좋지 않다는 이유로 화이트보드에 보드마커를 사용하고 있다.

초등학교 1학년쯤 보이는 남자아이의 눈망울이 뭔가를 찾는 듯하다. 서랍 속에 든 분필을 발견하는 순간 눈빛이 반짝거린다. 양손 가득 분필을 담고 교실 밖으로 나온다. 어딘가에 낙서를 할 모양이다. 아이가 멈춘 곳은 건물 밖 콘크리트 바닥이다. 신발을 벗는다. 진지한 표정으로 바닥에 뭔가를 그린다. 야외에서 수업을 하던 선생님은 그 장면을 유심히 바라본다. 곧 불호령이 떨어지고 아이는 고개를 숙이겠지.

영화는 예상과 빗나갈 때 더욱 스릴이 있는 법이다. 아이를 유심히 보던 선생님의 표정이 심상치 않다. 스토리가 반전될 것임을 직감했다. 이 글을 읽는 독자도 다음 장면이 궁금할 것이다.

다음 장면은 콘크리트 바닥에 그려진 팔 벌린 여인, 여인의 가슴에 안기듯이 누워 있는 아이였다. '그래 어머니의 품이야, 어머니의 품에 안기고 싶은 거야.' 밀물이 밀려오듯이 아이의 절실함이 내 가슴에 밀려왔다. 마치 어머니의 심장 소리를 듣는 것처럼 바닥에 엎드려 눈을 감은 아이는 차가운 바닥의 냉기마저도 엄마의 체온으로 느끼고 있는 듯했다. 어머니의 사랑을 갈망하는 아이의 마음이 강하게 전해졌다. 인도 출신 젊은이 나빈쿠마르가 제작한 '분필'이라는 제목의 2분짜리 영상이다. 아침에 메일로 접한 그 영상이 지난날 나의 부끄러움을 다시 떠올리게 했다.

오래전 초임 발령지 학교에서 있었던 일이다. 내가 맡은 2학년 아이들에게는 쉬는 시간이 늘 부족했다. 쉬는 시간이 되면 우르르 교실을 빠져나간 아이들은 시작 종소리에도 아랑곳하지 않고 친구들과 놀기에 바빴다.

그에 유독 한 아이는 쉬는 시간이 되어도 나의 곁을 맴돌았다. 어떤 연유인지 모르지만, 부모님이 이혼하셔서 고모랑 사는 아이였다. 그래서 더욱 그 아이에게 정을 주고 싶었다. 그런데 문제가 생겼다. 그 아이와 이야기를 하다 보면 어느새 나의 곁에 바싹 다가와서 나의 봉긋한 부분을 톡톡 치기도 하고 때로 슬쩍 만지기두 했다. 어린 2학년 아이일지라두 여자의 중요 부분을 스치듯 만질 때는 당혹스러웠지만, 그 아이를 혼낼 수도 없었다.

그 후로 그 아이와 밀고 당기는 게임이 시작되었다. 나는 그 아이가 곁에 오는 것을 피하려고 쉬는 시간에도 바쁜 척을 하면, 그 아이는 어떻게 해서라도 나와 이야기하며 내 곁에 있고 싶어 했다. 수업이 끝난 후에도 교실에 남아 있으면서 칠판에다 분필로 그림도 그리고 숙제도 하다가 내가 퇴근할 즈음에야 집으로 갔다. 그 당시 나는 '부모가 없어 외로워서 그런가 보다.' 정도로만 이해하였지 그 아이의 눈망울과 그 손길이 무엇을 원하는지 알지 못했다.

세월이 흘러 결혼을 하고 아이를 낳고 난 후에야 그 아이를 좀 더 이해하게 되었다. 그 아이는 어머니의 품이 그리웠던 게다. 그 사실을 깨닫고 나니 그 아이가 나의 가슴을 스치듯 어루만졌던 그 행동이 이해가 갔다. 얼마나 어머니의 품이 그리웠으면 그랬을까.

영상 속의 아이가 분필로 어머니를 그려서 그 품에 안겼듯이 오래전 나의 제자였던 그 아이도 칠판에 그리운 어머니를 몇 번이나 그렸다 지웠을 것이다. 그때 내가 좀 더 생각이 깊은 선생이었다면, 그 아이를 어머니처럼 안아 주면서 다독거려 주었을 텐데, 처녀 선생으로서 그런 행동을 할 만큼 생각이 깊지 못했다. 지금은 다 큰 장년이 되었겠지만 다시 만난다면 그때는 미안했다 말하며 한번 안아 주고 싶다.

결혼하고 나니 아이에 대한 사랑의 방법도 더 지혜로워지는 것임을 경험으로 터득했다. 그래서 필자도 아이들 담임선생님이 결혼하고 아이를 키워 본 선생님이면 더욱 마음이 편했다.

요즘은 맞벌이, 혹은 여러 사정으로 아이를 잘 돌보지 못하는 경우가 많다. 심지어는 아동학대로까지 이어지는 가슴 아픈 현실을 접할 때마다 아이들이 무슨 죄가 있으랴 하는 생각을 한다. 지금도 많은 아이들이 단비 같은 어머니의 사랑을 갈망하는데 현실은 장마이거나 가뭄이다. 너무 맹목적인 사랑을 장맛비처럼 쏟아붓거나, 아이의 가슴이 타들어 갈 정도로 사랑에 인색한 어른들 때문에 아이들은 가슴속에 분필로 사랑을 갈망하고 있다.

보육시설에서의 아동학대 소식을 접할 때마다 마음이 무거워진다. 그 보육교사의 자질도 문제지만, 국가에서 보육을 위해 투자하는 것만큼 아이들이 행복하지 않다는 것이 더 문제이다. 무상보육정책으로 엄마와 함께 있을 수 있는 아이들도 보육시설로 내몰리고 있다. 요즘은 아이를 보육시설로 보내 놓고 카페에서 여유를 즐기는 젊은 엄마들이 많다고 들었다. 참 살기 좋은⑺ 우리나라다. 한편으로는 아이를 집에서 키우고 싶어도 형편상 그러지 못하는 부모들은 오늘도 보육시설에 있는 아이를 생각하며 일손마다 기도의 탑을 쌓고 있을 것이다.

(2015. 애월문학)

# 선생님께

해마다 5월 스승의 날이 되면 어김없이 떠오르는 선생님이 계시다. 그분은 가르치는 일에 사랑과 열정을 보이셨고 엄격하셨다. 매사에 말씀보다 행동으로 먼저 보여 주셨다. 선생님만의 풍기는 권위가 느껴져서 친근감 있게 다가가기가 어려웠다. 그럼에도 불구하고 우리는 선생님을 모두 존경했다. 눈빛 하나, 말씀 한마디 한마디가 깊은 속정과 사랑을 느끼게 하였기 때문이다. 강냉이 빵과 죽으로 급식을 하던 어려운 시절이었지만, 사제지간의 정과 스승 존경 풍토는 부족함이 없었다. 졸업식 날은 모두가 훌쩍거리면서 선생님과의 헤어짐을 슬퍼하였다.

교육대학교 입학면접관의 '왜? 교대를 입학하려고 하느냐?'는 질문에 당당하게 '6학년 때 담임선생님처럼 훌륭한 교육자가 되고 싶어서입니다.'라고 대답했다. 교직 40년을 되돌아보니 은사님의 발꿈치도 못 따라간 것 같다.

'스승의 은혜는 하늘 같아서 우러러볼수록 높아만지네……' 그 노랫말이 콧등을 찡하게 한다. 은사님의 사랑이 되살아나기도 하고 한편으로는 교권이 추락한 요즘 세태가 안타까워서다. 이번 스승의 날에는 필자가 우리 학교 선생님들께 격려의 마음을 메신저로 전했다.


'사랑하는 선생님, 오늘은 스승의 날입니다. 늘 한결같은 마음으로 아이들을 사랑으로 가르치는 선생님께 감사와 존경의 마음 전합니다. 스승의 날이어도 기쁘기보다 착잡합니다. 당초의 깊은 뜻은 퇴색되고 교권은 땅에 떨어져 아무나 밟고 지나니 한없이 안타깝습니다.

그러나 사랑하고 존경하는 선생님,

우리가 교직을 꿈꾸고 교직을 선택한 것은 누구로부터 대우를 받기 위해서가 아님을 잘 알고 있습니다. 제자들을 올곧게 키우겠다는 사명감으로, 교직을 천직이라 여기며 이 길을 걷고 있지 않습니까. 사람을 키워 내는 일이 얼마나 숭고하고 거룩한 일입니까? 교육자라는 긍지만으로도 결코 부끄럽지 않은 직업이라 여겨집니다.

가끔은 몇몇 학부모가 우리의 마음을 이해 못하는 경우도 있지만, 뒤에서 응원하면서 감사해하는 학부모님이 더 많습니다. 힘을 내십시오.

교사의 말 한마디에 힘을 얻고, 사랑의 눈빛 하나로 의욕을 되찾으며, 자상한 손길 하나에 자신감을 얻게 되는 제자들을 생각하며 묵묵히 교직의 길을 가십시오.

학생들도 시끄럽고 내 말을 안 듣고 말썽 피우는 귀찮은 아이들이 아니라, 내가 사랑으로 감싸 안아야 하고 무한한 가능성을 가진 소중한 존재들이라 여기며 사랑을 실천하는 교사가 되십시오. 교사는 잘 가르치는 것보다 학생들을 사랑하는 것이 우선입니다. 저도 사랑으로 가르치는 참스승이 되고자 노력하였으나 40년의 교직생활을 뒤돌아보니 사랑보다 열정이 앞섰던 것 같습니다.

사랑하는 선생님,

스승의 날을 맞아 성경에 나와 있는 사랑에 대한 구절을 다시 떠올려 봅니다.

'사랑은 참고 기다립니다. 사랑은 친절합니다. 사랑은 시기하지 않고 뽐내지 않으며 교만하지 않습니다. 사랑은 무례하지 않고 자기 이익을 추구하지 않으며, 성을 내지 않고 앙심을 품지 않습니다. 사랑은 불의에 기뻐하지 않고 진리와 함

께 기뻐합니다. 사랑은 모든 것을 덮어 주고 모든 것을 믿으

며 모든 것을 바라고 모든 것은 견디어 냅니다.'

(2018. 5. 22. 제주일보 해연풍)

# 학부모님께

　존경하는 학부모님 여러분 반갑습니다. 바쁜 와중에 특별히 시간을 내어서 이렇게 학교 교육설명회 및 학부모 총회에 참석해 주신 학부모님 여러분께 진심으로 감사를 드립니다. 이 자리에 참석하신 학부모님 여러분은 각별히 학교 교육의 중요성을 깊이 인식하고 계신 분들이라 생각합니다.

　학교 교육의 목적은 학생들이 미래의 세계에서 성공적으로 살아갈 수 있도록 준비시키는 것이며, 사회발전을 위한 강력한 도구입니다. 잘 설계된 교육은 개인에게 더 큰 권한과 행복과 사회에 더 많은 평화와 경제적 성장, 그리고 공정함을 가져다줍니다. 4차 산업혁명시대가 도래하였고 그에 걸맞은 교육으로 우리 아이들이 미래를 준비할 수 있도록 해야 할 때입니다. 오늘날의 학교 교육은 다양한 문화적 배경을 가진 사람들이 서로 협력하고 다른 아이디어와 관점, 가치를 존중하고 그 가치를 가로질러 어떻게 서로 신뢰하고 협력하며 세계 시민으로 살아갈 것인지를 가르쳐야 합니다.

그렇다면 우리는 자녀들에게 무엇을 가르쳐야 할까요? 저는 빠르게 변화하는 경제적, 사회적 상황에 학생들이 잘 적응할 수 있는 핵심역량을 길러 주어야 한다고 생각합니다. 그 역량은 종전의 지식을 많이 습득하는 형태의 교육으로는 안 됩니다.

글로벌 교육전문가 찰스 파델은 「4차원 교육 4차원 미래역량」이라는 책에서 크게 네 가지 키워드를 말하고 있습니다. 지식, 스킬, 인성, 메타학습입니다. 이 네 가지가 잘 조화롭게 조직된 교육이라야 개인과 사회의 성장을 도울 수 있다고 합니다.

우리가 오류를 범하기 쉬운 것이, 지식을 많이 아는 것이 공부를 잘하는 것으로 착각하는 것입니다. 지식을 실제로 사용할 수 있어야 합니다. 지식을 사용하는 데 융합하고 소통하는 기술이 필요합니다. 이때 창의력, 비판적 사고력, 의사소통능력, 협업능력 등이 필요합니다. 그리고 지식을 사용하는 과정에서 내가 어떻게 참여하고 행동할 것인지를 스스로 결정할 수 있는 능력이 필요합니다. 그 능력은 곧 인성입니다. 타인과의 관계 맺기에서부터 시작하여 협력하기, 문제를 함께 해결하기, 갈등을 지혜롭게 풀어가기, 용기, 호기심, 회복탄력성, 리더십 등이 중요한 인성요소입니다.

메타학습은 자신이 무엇을 알고 무엇을 모르는지 스스로 정확히 파악하고 나에게 필요한 공부를 찾아서 하는 것을 말합니다. 배운 내용을 잘 이해하고 있는지를 점검하고, 모르는 부분이 무엇인지를 정확이 이해하는 것이 중요합니다. 공부에 대하여 계획하고, 점검하고, 조절하며 목표를 위해 끊임없이 학습하고 성장하는 것이 메타학습입니다. 지식, 스킬, 인성, 메타학습이 잘 융합될 때 핵심역량은 길러진다고 봅니다. 2015 개정교육과정에서 제시하는 여섯 가지 핵심역량은 자기관리역량, 지식정보처리 역량, 창의적 사고역량, 심미적 감성역량, 의사소통능력 역량, 공동체 역량입니다. 우리 학교는 교육과정 연구학교로서 다양한 활동을 통해 핵심역량을 함양하고자 합니다.

사랑하는 학부모 여러분, 학교 교육이 질 높은 성과를 거두려면 학교와 학부모가 끊임없이 소통하며 노력해야 합니다. 교사, 학부모, 지역사회가 한마음으로 아이들을 위해 노력할 때 아이들은 바르게 자랍니다.

담임선생님과 자주 소통하는 학부모가 되십시오. 학부모님
이 담인선생님을 믿고 신뢰할 때 자녀들도 선생님을 신뢰합
니다.

저희 하귀일초 선생님들은 학생을 사랑하고 열과 성을 다
하여 학생지도에 임하고 있습니다. 그에 못지않게 학부모님
께서도 학교 교육에 관심을 가져 주시고 교육활동에도 지원
과 동참을 아끼지 말았으면 하는 바람을 가져 봅니다. 아무쪼
록 오늘 학교 교육설명회 자리가 학부모님들께는 자녀교육과
학교 교육 이해에 대한 유익한 자리가 되길 바라면서 저의 인
사를 마치겠습니다.

(2017. 3.)

# 4차 산업혁명시대의 교육은?

'학교 교육이 아이들의 미래에 얼마나 긍정적으로 기여하고 있는가?'라는 질문을 던져 본다. 무한한 가능성을 보유한 아이들을 공교육이라는 틀에 집어넣어서 대량생산의 상품처럼 양산해 내는 교육시스템을 바꾸어야 한다고 주장하는 사람들의 생각에 동의한다. 지금의 학교 교육 시스템은 학생 한 사람 한 사람에 대한 맞춤형 교육이 아니다. 이론적으로는 그렇게 해야 한다고 하면서 실제 교실의 현실은 그렇지 못하다. 약 30명의 학생들을 교실에 앉혀 놓고 교사는 일사천리로 교과진도를 나가는 수업을 하고 있다. 과목마다 진도 나가기에 바쁘고, 평가하기에 바쁘다. 수업 중 아이들은 교사의 가르침에 충실하게 따라 하는 모범생이 되어야 한다. 글로벌 인재 양성, 창의적인 학생을 키운다고 하면서 국어, 수학, 영어, 음악, 미술 등 각 교과목에 대한 지식을 가르치기에 급급한 현실이다. 결국 학교 교육은 대학에 들어가기 위한 공부인 셈이다. 과거에는 대학을 나오면 직장을 얻을 수가 있었다. 하지만 지금은 학사, 석사, 박사를 받아도 취업은 하늘의 별 따기가 되어 버렸다. 요즘 대학들은 입시방향을 다양하게 하여 지식보다 능력이 우수한 학생을 선발하기도 하지만, 대부분의 대학은 지식위주로 학생을 선발하고 있다. 그러니 학교 교육이 입시위주의 교육이 될 수밖에 없는 구조다.

학교 교육의 목적은 학생들이 미래의 세계에서 성공적으로 살아갈 수 있도록 준비시키는 것이며, 사회발전을 위한 강력한 도구라고 할 수 있다. 교육의 내재적 목적과 외재적 목적을 굳이 따지지 않더라도 교육은 개인의 자아실현과 직업선택을 돕는 데 기여한다. 배우는 즐거움이 곧 교육이 될 수도 있고, 배움을 통해 직업선택과 성공에 이를 수도 있다. 시대가 변하면서 교육도 변해 왔다. 그 변화의 주기가 점점 빨라지는 것이 문제다.

4차 산업혁명시대가 도래하였다. 인공지능, 초연결성, 빅데이터라는 말이 일상이 된 시대다. 이런 시대가 올 거라는 것은 생각도 못했던 사람들은 당황스럽고 혼란스러울 수 있다. 반면 미리 예견했던 사람들은 흥미로울 수 있다. 교육자는 이 시대를 누릴 권한도 있지만, 아이들이 만날 미래에 대하여 예견하고 대처하는 능력을 키워 줄 의무가 있다. 잘 설계된 교육이라야 개인에게 더 큰 권한과 행복과 사회에 더 많은 평화와 경제적 성장, 그리고 공정함을 가져다준다. 그렇다면 우리는 학생들에게 무엇을 가르쳐야 할까. 미래에 적응할 수 있는 핵심역량을 길러 주어야 한다. 그 능력이 곧 학습능력이다.

교육학자 켄 로빈슨Ken Robinson은 '우리 교육에서 오해를 하고 있는 것은 지식을 학습능력으로 보는 것이다. 그리고 학교가 오히려 창의력을 죽이고 있다.'는 말을 했다. 되새길 필요가 있는 말이다. 많이 알고 있는 것과 학습능력과는 거리가 멀다. 우리는 학생들에게 끊임없이 뭔가를 가르치려고 열을 올리지만 정작 학습능력을 키워 주지는 못하고 있다. 예측 불가능하고 불확실한 미래를 살아가려면 현재 머릿속에 얼마나 많이 알고 있느냐보다 스스로 학습할 수 있는 능력이 더 중요하다. 필요한 지식은 구글에 다 있다. 그래서 학교 교육은 학습능력을 길러주는 교육시스템으로 바뀌어야 한다.

학습능력을 키우기 위한 중요 요소가 창의력이다. 창의력은 다양성을 인정하고 독특성을 인정하는 데서부터 시작된다. 교사는 학생 개인마다 다른 그 무엇들을 모두 수용하고 인정하는 태도부터 갖추어야 한다. 그래야 교실이 살아 움직인다. 교사가 원하는 대로 일사분란하게 움직이는 학생들에게 창의성이 나올 리가 없다. 실수를 두려워하지 않는 학생들이 모인 교실, 시행착오를 즐기는 학생들이 모인 교실, 기존 지식을 활용하여 뭔가를 해 보려고 힘을 벌이는 교실이 되어야 한다. 사회는 실수를 비난해서도 안된다. 창의력은 알고 있는 지식을 활용하는 데서부터 출발한다. 지식을 사용하는 데 필요한 기술이 무엇인지 찾아내고 어떻게 융합할 것인지, 그 과정에서 도덕적으로 문제가 없는지를 판단할 수 있는 인성도 필요하다. 인성은 타인과의 관계 맺기부터 시작하여 협력하기, 문제를 함께 해결하기, 갈등을 지혜롭게 풀어가기, 타인존중 등이 중요한 요소가 된다.

해마다 학부모 초청 공개수업을 하는데 선생님들은 이 날을 위해서 많은 시간을 투자한다. 단 한 시간에 학부모님들께 평상시 교실수업 모습을 보여드리기는 쉽지 않지만, 부모 입장에서는 자녀가 어떻게 수업에 참여하고 있는지는 알고 싶어 한다. 교사는 나름 최선을 다해서 수업에 임한다. 그러나 교실을 돌아보면 살아 있는 수업이라기보다 교사가 계획한 학습활동의 틀 안으로 아이들을 몰아가는 수업이 대부분이다. 아이들이 순순히 교사의 의도대로 잘 따라 주면 그날 수업은 성공이라고 여기고, 누군가 옆으로 튀어나와 엉뚱한 짓이라도 하면 실패한 수업이라 여긴다. 실패한 수업이 진정 성공한 수업일 수 있다.

(2017. 6.)

# 원영이를 생각하며

봄기운 가득한 운동장에서 뛰어노는 아이들이 마냥 행복해 보인다. 올해 신입생이 된 꼬마 녀석들도 늑목을 오르내리고 미끄럼틀을 오가며 신나게 놀고 있다. 일곱 살 원영이도 올해 신입생으로 들어온 우리학교 아이들처럼 맑은 눈망울을 가졌다. 엄마 아빠의 손을 잡고 초등학교에 갔을 원영이가 친부와 계모의 학대에 못 이겨 숨을 거두었다는 가슴 아픈 사연을 접하니 가슴이 먹먹하고 마음이 무겁다. 원영이가 학교에는 못 갔지만 하늘나라에서라도 실컷 뛰어다니며 친구들과 행복했으면 좋겠다.

요즘 신문이나 뉴스 접하기가 두려워진다. 좋은 소식보다 인면수심에 의해 저질러지는 어두운 소식들이 많아서다. 특히 아동학대에 대한 소식들을 접하면 더 가슴이 아프다. 원영이의 고통을 생각하면 눈물이 나고 그 부모에 대한 분노가 치민다. 아동학대 사건을 접할 때마다 파렴치한 가혹행위에 섬뜩해지기까지 한다. 사람의 탈은 **쓰고** 짐승이 **할 짓을** 한 그들을 생각하면 이 사회가 무서워진다.

자식을 학교에 보내지 않고 집 안에 가두어 먹을 것도 제대로 주지 않는 부모, 갓난아기가 자주 운다고 때리고 학대해서 결국 죽음에 이르게 한 젊은 부부, 자식을 암매장한 계모, 자식의 시신을 오랫동안 방치한 부모 등 인륜을 거스르는 일들이 곳곳에서 벌어지고 있다.

전에 근무했던 학교에서도 담임교사가 아동학대의 징후를 발견하여 미리 조치를 취한 일이 있었다. 이혼을 하고 혼자 아들을 키우는 어머니가 아들을 방임하고 학대한 사례다. 아동 전문기관에서 아이를 돌보겠다고 했을 때 어머니는 죄책감은커녕 오히려 잘됐다는 표정이었다.

이 세상에는 자식을 위해서라면 뼈를 깎는 고통도 감수하는 부모들이 더 많지만 이처럼 비정한 어머니도 있다. 그렇게 학대받으며 자란 아이는 결혼하고 아이를 낳으면 자식을 어떻게 대할지 걱정이 된다.

사랑받고 자란 아이가 남을 사랑하는 법이다. 아동학대 대부분이 부모에 의해서 일어나는 것을 보면 빗나간 부모의 양육관은 결국 무서운 결과를 초래한다. 아동학대 외에도 가족

살해, 부모 외면하기, 현대판 고려장 등이 소위 피를 나눈 가족 간에도 일어나고 있으니 인륜과 천륜은 어디에 갔는지 외치고 싶다.

교육자라는 천직이 부끄럽게 느껴질 때는 인륜을 거스른 사건들을 접할 때다. 특히 어린 학생들이 범죄자가 되거나 그 피해자가 될 때는 더하다. 가르치는 일 중에 가장 중요한 것이 사람의 도리를 가르치는 일인데 제대로 교육을 못 시켜서 그렇다는 자책감이 들 때가 있다. 교육은 사람답게 잘 살아가도록 가르치는 인성교육이 우선인데, 학교는 그 역할을 다하지 못하고 있다. 초등교육에서부터 바른 인성으로 몸과 마음이 건강한 어린이를 키우고 있지만 학교는 인성보다 학력이 우선인 곳이 되어 가고 있다. 특히 중·고등학교는 입시라는 관문 때문에 학력 위주의 교육에 묻혀 말로만 떠드는 인성교육이 되는 현실이 안타깝다. 가정에서도 부모에 의해 올바르게 가르침을 받는 아이들은 점점 줄어들고 있으니 학교에서의 인성교육은 뿌리가 없는 나무처럼 흔들거리고 있다. 작은 바람에도 쉽게 쓰러지는 나약한 존재가 아닌, 뿌리 깊은 나무처럼 튼튼하고 건강한 사람을 키워 내는 일이 학교 교육에서 우선할 일이다.

얼마 전에 읽은 건강 서적에는 건강한 삶을 위해서는 호흡,

물, 음식, 운동뿐만 아니라 마음 건강을 위한 정서적 행동들이 필요하다고 나와 있었다. 바른 호흡법과 좋은 물과 음식 섭취에 이어 알맞은 운동만으로는 온전한 건강에 이를 수 없음을 말하고 있었다. 세계보건기구WHO에서 말하는 건강이란 "질병이나 단지 허약한 상태가 아닐 뿐만 아니라 육체적·정신적 및 사회적인 완전한 안녕상태를 말한다."라고 정의되어 있다. 건강이라는 것이 의학적인 의미의 뜻을 넘어 사회, 경제, 문화, 정치의 상황을 고려한 온전한 상태를 말하고 있음을 알 수 있다.

이에 비추어 보면 우리 사회는 지금 중병에 걸렸다. 돈을 위해 양심을 저버리는 행위, 개인의 이익을 위해 수단과 방법을 가리지 않고 타인을 해하는 행위, 자기의 목숨을 사랑하지 않는 행위, 자식을 소유물로 여기고 학대하는 행위 등이 모두 암보다 무서운 이 사회의 중대 질병이다. 이 중대 질병을 누가 치료할 것인가. 교육자의 몫이고 부모의 몫이며 우리 사회의 책임이다.

예부터 우리 선조들은 '조섭수양법'이라 하여 음식이나 주위환경 움직임들을 알맞게 조절하여 몸과 마음의 건강을 유지하였다. 유교에서도 인간의 책무나 도리를 삼강오륜으로 강조하였고, 도교나 성리학 등에서도 몸의 건강뿐만 아니라 인성을 바로잡는 다양한 내용들이 언급되고 있다. 학교 교육에서도 이처럼 올바른 사람됨을 가르치는 교육이 우선되어야 한다.

오랜 교직생활에서 느낀 점은 건강한 가정에서 자란 아이가 건강하다는 것이다. 부모가 반듯하면 그 자녀들도 반듯하다. 부모로부터 삶을 배우기 때문이다. 윗물이 맑아야 아랫물이 맑듯이 말이다. 가정을 바로세우는 교육이 필요한 이유다.

운동장에서 세상모르고 뛰어노는 저 아이들 마음 한구석에도 아픔이 숨어 있는지 모른다. 가정에서나 학교에서의 상처를 안고 하루하루를 버티듯 살아내는 아이는 없는지 다시 그들의 눈망울에 비친 마음을 읽을 때이다.

(2016. 제주문학)

# 하늘 아래 거친 일꾼

5월 신록이 반짝거린다. 내 마음과 반짝거림으로 소통하는 5월이 참 좋다. 햇빛에 반들거리는 나뭇잎이며 잎 사이로 내미는 햇살들, 아름다운 꽃들, 초록 잔디와 함께 뛰어노는 싱그러운 아이들을 보면 누구라도 가슴이 뛰고 반짝거릴 것이다. 학교 울타리의 장미도 방울방울 떼로 피어서 우리 아이들 모습처럼 아름답다.

가정의 달, 청소년의 달이라고 하는 5월에 아이들을 생각한다.

날이 갈수록 아동, 청소년을 대상으로 한 범죄가 줄지 않고 있어서 걱정이다. 힘없고 약한 어린이를 유괴하거나 아동 청소년을 성범죄의 대상으로 삼는 최고 악질의 범죄가 이 세상에서 사라질 날은 언제가 될까.

유괴된 자식을 찾기 위한 부모와 수사관들의 사투를 그린 영화 '그놈 목소리'와 '극비수사'가 생각난다. 둘 다 실화를 바탕으로 만들어진 영화여서 보는 내내 가슴이 아팠다. 영화 '도가니'도 실제 일어난 사건이었다. 우리 어른들을 부끄럽게 하고, 학교에서 일어난 일이라 교육자로서 더 부끄러운 영화였다.

학교에서도 학생들에게 유괴, 아동 성범죄 예방을 위해 교육을 하고 있지만 그 내용이 아이들에게 어른에 대한 불신을 심어 주는 것 같아 안타깝다. 모르는 분이 저쪽에 가서 뭘 도와 달라고 하면 못한다고 해라, 집에 아무도 없을 때 문을 열어 주지 마라. 길을 물어 오면 모른다고 해라 등 피해를 당하지 않는 방법을 지도하고 있는데, 그보다 더 중요한 것은 어린 시절부터 올바른 성 인권을 가르치는 것이라 생각한다. 성폭력 인지능력이 부족한 어린이들에게 나이에 맞는 체계적인 성교육을 인권교육과 연계하여 지도하는 것이 필요하다. 우리나라의 아동, 청소년의 성보호에 관한 법률(약칭 : 아청법)에는 아동 청소년 대상 성범죄의 처벌과 절차에 관한 특례를 정하고 있지만 아동, 청소년 대상 범죄율은 줄지 않고 있다.

매스컴이나 인터넷의 발달로 인하여 아동, 청소년 이용 음란물이 공공연히 유통되고 있는 것도 문제다. 모 대학 심리학 교수의 말에 의하면 음란물에 지속적으로 노출돼 웬만한 자극에 무감각해진 사람들에게는 어린아이들을 대상으로 한 포르노물이 큰 자극으로 다가온다고 한다. 미국 등 선진 국가에서는 아동·청소년이용음란물을 제작하거나 유통한 경우 외에 이를 단순히 보유한 경우에도 아동·청소년대상 성범죄의 근본적인 차단을 위하여 최고 20년 징역에 처하는 등 강력한 처벌을 시행하고 있다. 이에 반하여 우리나라는 그 처벌이 약한 편이다.

사단법인 대한노인회 제주특별자치도 제주시지회에서는 해마다 어린이 유괴·성범죄 추방을 위한 글짓기대회를 실시하고 있다. 초등교육에 몸담고 있는 필자로서는 이러한 행사가 매우 바람직한 일이라고 생각한다. 당시에 글짓기 심사를 맡게 되었는데, 응모작 대부분이 할아버지, 할머니들께 고마움을 표현하는 글이 많았다. 그만큼 노인들이 우리 어린이 유괴·성범죄예방을 위해 캠페인도 벌이고 학교 주변을 순회하는 등 나름 활동하기 때문이다. 우리 학교도 매일 오후 하교 시간쯤에 학교 주변을 순회하고 있다. 노인 일자리 창출과 연계한 활동으로 오시는 분들이다. 각 마을 노인 회원들이 중심이 되어 스스로 학교 안전지킴이 활동뿐만 아니라 캠페인활동, 봉사활동, 선도활동 등을 꾸준히 하다 보면 언제가 아이들이 안전한 사회가 되리라 믿는다.

"한 아이를 키우기 위해서 온 마을이 필요하다."는 인디언 속담이 있다. 지역공동체가 어린이들이 안전한 환경에서 바르게 자랄 수 있도록 관심을 가져야 한다. 부모의 가정교육에서부터 청소년교육, 성인교육 모두가 필요하다.

'하늘 아래 귀한 일꾼 초롱초롱 빛나라'는 '하귀일초'를 두운으로 한 사행시이다. 2012년 개교 당시부터 만들어진 사행시인데 참 마음에 든다. 우리 학교 아이들은 다 외고 있는 문구다. 우리 학교 아이들과 함께할 시간도 얼마 남지 않았다. 8월에 정년을 맞아 학교를 떠나야 하기 때문이다. 그래서 그런지 초록 운동장에서 뛰어노는 우리 학교 학생들이 더욱 사랑스럽고 애틋한 5월이다. 저들이 올곧게 자라서 하늘 아래 귀한 일꾼으로 우뚝 설 날이 올 것이다.

(2018. 제주수필)

4부 *사랑하는 당신께*

당신께 지혜로운 아내가 되도록 노력하겠습니다.
인생의 동반자로서 당신과 함께
우리의 버킷리스트를 하나씩 채워 갈 수 있기를 바라 봅니다.

# 아빠의 청춘

'원더풀~ 원더풀~ 아빠의 청춘, 브라보~ 브라보~ 아빠의 인생.' 우렁찬 노래와 신나는 박수 소리가 성당 안을 채운다. 아버지와 나란히 앉은 가족들의 상기된 표정은 환하게 피어난 꽃송이 같다. 아버지 학교 수료미사는 가족의 발을 씻어 주기, 가족 포옹하기, 사명서 낭독하기, 활동 영상 감상하기, 강론, 영성체 순으로 이어졌다.

꿇어앉아 아내의 발을 씻어 주는 남편의 모습에서 이 땅의 모든 부부가 서로 섬기는 마음으로 사랑하기를 기원했다. 어떤 이는 감동의 눈물을 흘리기도 했다. 사명서를 낭독할 때마다 박수가 쏟아졌다. 금연하겠다, 집안 청소를 하겠다, 가족여행을 하겠다 등등 나름 아버지로서의 최선의 다짐들이었다.

남편에게 아버지 학교 입학을 권유했을 때, "환갑에 아버지

학교는 무슨 아버지 학교냐, 할아버지 학교면 몰라도…." 하며
웃어넘겨 버렸다. 등 뒤에서 '평생 아버지로서 살아야 함을
왜 모를까.' 몇 번이고 속으로 외쳤다. 그 외침 소리를 들었는
지, 하늘이 도왔는지 남편이 이런저런 연유로 아버지 학교에
입학했고, 5주간의 여정을 마쳤다.

숙제라면서 포옹하고, 편지 쓰고 나름 변화를 시도하는 용
기가 보였다. 돌아가신 아버지와의 상처, 아내, 아들딸과의 관
계를 돌아보는 것만으로 충분히 감사하다고 여기며 가정의
참된 아버지의 자리로 돌아올 수 있기를 기도했다.

속내를 담은 손 편지를 읽고 나니, 서로에게 무덤덤해져 버
린 부부 사이가 보였다. 그동안 아이들의 어머니로 사는 아내
를 보면서 남편도 외로웠을 터이다. 남편이나 아버지의 의무
는 강요하면서 그 자리를 오롯이 남겨 놓지 못한 성급함도 보
였다. 고맙고 잘하는 점은 모래 위에 새겼고, 서운하고 부족한
점은 돌에 새기는 아둔함도 있었다.

이참에 남편에게 상처를 주었던 모든 일에 대하여 용서를
청하였다. 나름 참느라고 노력했다는 뜻도 전했다. 남편을 향
한 총알은 열 번, 스무 번을 참다가 발사된 것임을 알아 달라
고도 했다. 이 땅의 남편들은 아내들의 가슴에 참을 인忍 자가
얼마나 많이 쌓여 있는지 알기나 할까. 또한 아내들은 남편들

의 외로움을 얼마나 헤아릴까.

 오랜만에 귀국한 딸을 반기는 아버지의 얼굴엔 반가움이 가득하다. 딸을 향해 두 팔로 포옹하려는 순간, 딸은 '안 돼 ~~.' 하면서 몸을 피한다. 아버지의 웃음에서 섭섭함이 묻어난다. 외국에서 공부할 때 아버지는 딸의 일거수일투족에 관심을 보였다. 딸은 그걸 사랑이라고 생각하지 않았다. 아빠는 왜 오빠와 달리 나한테만 엄격한 잣대를 들이대느냐며 억울해하였다. 아버지와 딸의 애증관계는 쉽게 풀리지 않았다. 이번 참에 아버지는 그걸 조금이라도 풀고 싶어 더 크게 팔을 벌렸을 텐데…….

 "좋은 아버지가 되고 싶었는데 처음에는 몰라서 못했고, 이제 배우고 나서 하려니까 이미 늦어 버렸군." 저녁상 앞에서 남편이 한 말이다.

 딸이 출국하는 날 아버지는 다시 작별의 포옹을 시도했다. 이번에는 딸이 마지못한 듯 안겼다. 아버지의 얼굴엔 숙제 하나 해결했다는 안도감 같은 환한 미소가 번졌다. 아빠의 마음은 아직도 딸 사랑인데 딸은 아직도 멀리 있기만 하다.

(2017. 4. 4. 제주일보 해연풍)

# 부부로 살기

시어머니와 남편에 대한 불만으로 마음이 괴롭다는 이야기를 듣는다. 평상시에는 잘해 주다가도 유독 시집 식구에 대하여 민감하게 반응하는 남편 때문에 힘들다는 내용이다. 공감이 간다. 시집 식구들에게 무한 충성을 원하는 남편들의 욕구를 어느 며느리가 다 채워 줄 수 있으랴.

미국의 정신과 의사인 윌리엄 글래서 William Glasser 는 인간의 기본적 욕구 다섯 가지를 말했다. 생존의 욕구, 사랑과 소속의 욕구, 힘성취의 욕구, 자유의 욕구, 즐거움의 욕구가 그것이다. 그는 현실치료와 선택이론을 개발했는데, 그에 의하면 사람들은 자신의 욕구를 채우기 위해서 최선의 선택을 하며 살아간다는 것이다. 내가 선택하는 삶은 나의 욕구를 채우기 위한 것임을 부인하지 않는다.

사람마다 그 욕구의 강도가 조금씩 다르기에 삶의 형태도

다를 뿐이다. 보편적으로 아내는 사랑의 욕구가 강한 반면, 남편은 힘의 욕구가 강한 편이다. 힘의 욕구가 강한 남편과 사랑과 소속의 욕구가 강한 아내일 경우 서로 욕구 충돌이 일어날 수 있다. 어떤 이는 자유의 욕구가 워낙 강해서, 이동하고 선택하고 다양한 영역에서 자유롭고 싶어 한다. 역마살이 낀 사람들은 대부분 자유의 욕구가 강한 사람들이라고 할 수 있다. 아내가 밖으로만 싸돌아다닌다고 생각한 남편이 이혼 직전까지 갔다가 부부의 욕구 프로파일 검사를 하고 나서야 부인을 이해하게 되었고, 지금은 행복한 부부로 잘 살고 있는 상담 사례가 기억난다.

부부로 살면서 상대방의 욕구 중에서 어느 것이 강한지를 알면 서로를 이해하는 데 도움이 된다. 부부가 상대방의 욕구 강도를 알고 적절히 채워지도록 배려하는 것이 원만한 부부 생활을 이끌어가는 방법이다.

필자와 한방을 쓰는 남자도 힘의 욕구가 강한 편이다. 자기를 긍정해 주고 치켜세워 주면 좋아하고, 조금만 부정해도 자존심이 상해서 금방 얼굴이 일그러진다. 자기 말에 따라서 부인이 움직여 주기를 바라는 마음 뒤에는 힘의 욕구가 자리해서 조종하고 있는 것이다. 그래서 가능하면 시집과 연관된 친척들에게 대하는 것도 남편의 구미에 맞는 방법으로 하려고 노력한다. 제사나 경조사에도 꼭 함께 가기를 바라는 남편의 마음을 이해하기에 기꺼이 동참한다.

그 남자는 평상시 친정 부모님을 생각하는 걸 보면 참 착하고 훌륭한 사위다. 그런데 가끔은 사소한 일에 민감하게 반응한다. 처음에는 속상했는데 오래 살다 보니, '큰사위로서 더 인정받고 싶어서 그러는구나.' 하고 만다. 그게 속 편해지는 방법이다.

누구나 행복한 삶을 원하지만, 모두가 다 행복해지는 것은 아니다. 부부 사이에도 서로 이해하려는 노력이 뒤따를 때 행복은 찾아오는 거다. 그 노력이 쌍방이면 더 좋겠지만, 그렇지 못할 때는 어느 한쪽이라도 지혜를 발휘해야 한다. 부부가 각자의 생각대로 행동하면 서로에게 상처만 더 커질 수 있다. 작은 생채기가 모여서 큰 상처를 만들 수가 있고 결국 돌이킬 수 없는 길로 빠지기도 한다. 부부싸움에서 화가 날 때는 남편하고 다시는 상종하지 말아야지 하고 생각하다가도 '내가 진정 원하는 것이 무엇이지?' 하고 스스로에게 물어본다. 그러면 답이 나온다. 내가 원하는want 것은 행복한 부부생활이지 남편과 헤어지는 것은 아니다. 어떤 때는 아는 듯 모르는 듯 넘어가기도 하고 적당한 선에서 마무리한다. 때로는 잘했다고 치켜세워주면서 남편에게 힘을 실어 주는 것 그것도 부부생활의 지혜라고 생각한다. 남편의 속마음을 미리 읽어내고 원하는 바를 이룰 수 있게 돕는 것이 아내의 성숙한 행동일 수 있다.

부부끼리 소통하는 방법도 훈련할 필요가 있다. 서로 화가 난다고 말을 안 하거나 소리 지르며 핏대를 올리는 게 수가 아니다. 서로의 감정이 어느 정도 평상심이 되었을 때 자신이 느낀 감정들을 소상하게 전달할 필요가 있다. '나 전달법'으로 말이다. 부부는 서로가 남의 편이 아닌 나의 편으로 만드는 것이 일차적 목표이기 때문에 서로의 속마음을 이해하려는 마음이 필요하다. 서로에게 고마운 것은 고맙다고 표현하면서 살아야 한다. 사소한 고마움도 고마움이다. 둘 사이의 긍정적 감정들을 많이 저축해 두는 것이 행복의 비결이다. 살다 보면 부부가 서로에게 상처받는 일도 있지만, 서로 애틋하게 고맙고 감사한 일이 더 많다. 서로 만나서 부부로 산 세월이 벌써 35년이 흘렀다. 평생 부부로 백년해로한다는 것은 쉬운 일이 아니다. 오늘도 나의 내면에서 들리는 want와, 더 높은 곳에 있는 님의 소리를 들으면서 그 소리대로 행동하겠다고 다짐한다. 후회하지 않기 위해서 말이다.

(2017. 12.)

# 사랑하는 당신께

아들 결혼식 준비하느라고 마음의 여유가 없는 요 며칠 사이에 하얀 목련꽃이 활짝 피어 꽃잎이 흩날리고 있습니다. 마당 한쪽에 핀 수선화도 자기에게 관심 가져 달라고 수줍게 고개 떨구고 있고, 당신이 심은 팬지꽃도 뱅실뱅실 인사를 하네요. 햇살 머금은 마당의 온기와 꽃들이 저에게는 축복이요, 은총으로 다가와 저는 감사하고 행복합니다.

'우리의 만남은 우연이 아니야.' 노사연의 '만남' 노래가사를 상기하며 당신과 나의 인연을 생각해봅니다. 오빠가 없는 저에게 오빠처럼 친근하게 대해 주셨고, 미팅 이야기까지 스스럼없이 들어 주었던 당신이 나의 동반자가 될 줄이야. 가난한 집에 시집가기 싫다고 아버지께 말씀드렸을 때 '돈은 있다가도 없고, 없다가도 생기는 것이다. 사람 하나 괜찮으면 결혼해라.'라고 하신 아버지의 말씀을 믿고 당신과 결혼한 게 참

잘했다는 생각을 합니다. 당신이라는 사람은 참 괜찮은 사람임에 틀림없기 때문이지요. 나의 남편으로서, 아이들의 아버지로서도 그 역할에 충실했다고 여겨집니다.

결혼 후 힘들고 어려운 시기를 만날 때마다 당신은 의연하게 대처하는 힘을 주셨고 함께 십자가를 져 주었습니다. 그래서 결혼생활 35년을 대견하게 잘 살아올 수 있었습니다.

남훈이의 숱한 병원나들이, 음대입학, 유학까지의 여정이 지금 생각하면 주님의 도우심 없이는 턱도 없는 일이라는 걸 느낍니다. 남희도 마찬가지입니다. 교환학생으로 시작한 일이 미국유학으로 이어졌을 때 학비를 감당할 수 있을까 걱정을 많이 했지요. 대출 받아서 학비를 보내는 마음은 늘 무거웠습니다. 그래도 세월이 약이라고 이제는 아들딸이 어엿하게 제 갈 길을 가고 있으니 마음이 뿌듯하고 편안합니다.

올해의 봄은 저에게 커다란 선물을 안겨 주었습니다. 든든한 아들에게 사랑스런 배필이 생겨서 혼사를 치렀고, 당신은 '아버지 학교'에 입학해서 새롭게 성장하는 모습을 보여 주었기 때문이지요. 더구나 사순시기 동안 술을 끊겠다는 다짐까지 보여 주어서 당신이 얼마나 대견했는지 모릅니다. 처음 아버지 학교 입학을 권유했을 때 당신은 "내가 무슨 아버지 학교야, 할아버지 학교를 가야지. 나는 좋은 아버지니까 굳이 아버지 학교를 갈 필요가 없지."하셨지요.

저의 기도가 통했는지, 주님께서 이끌어 주셨는지는 몰라도 당신은 아버지 학교에 입학을 하였고, 열심히 숙제도 잘하는 모범 학생이 되었습니다. 이번 기회에 아들, 딸과의 관계도 돌아봤으리라 생각합니다. 스스로 좋은 아버지라고 여기긴 쉬우나 자식의 입장에서 좋은 아버지가 되기는 쉽지 않습니다. 저도 마찬가지입니다. 좋은 어머니로서 살려고 노력은 하고 있지만, 잘되지 않습니다.


사랑하고 존경하는 당신,

부모라는 자리, 특히 아버지라는 자리는 예수님처럼 무거운 십자가를 지고 가는 힘든 여정일 수 있습니다. 가족으로부터 서로 존경받고 사랑받아야 하는 자리임에도 불구하고 아내와 자식으로부터 상처받을 때가 더 많기 때문이지요.

그사이 저의 부족함으로 인하여 당신에게 상처 준 모든 일에 대하여 용서를 청합니다.

스스로 부족하다고 여기며 목마름을 느끼는 저와는 달리 당신은 모든 게 갖추어진 듯한 자세로 세상을 살았지요. '지금 – 여기here and now'에서의 만족을 즐기면서 말이죠. 저는 그게 불만이었습니다. 그럴 때마다 남편의 행복이 우리 가정의 행복이라고 여기며 저는 참을 인忍 자를 가슴에 새기며 살았습니다.

혹여 남자로서의 그 자존심을 건드릴까 봐 속으로 끓어오르는 것들을 삼키느라 나름 노력했습니다. 그러다가도 저의 조급함, 미성숙함 때문에 당신을 향해 총알을 발사하지 않을 수 없었음을 고백합니다. 그 총알에 끄떡도 없는 당신이 때론 비인간적으로 보여서 더 미워지기도 했지만, 당신도 피를 흘렸을 것임을 압니다. 총을 맞고 피를 흘리지 않았다면 인간이 아니니까요. 겉은 강한 척하지만, 여리고 쉽게 상처받는다는 걸 알고 있습니다.

앞으로는 당신께 힘을 주고 용기를 주는 지혜로운 아내가 되도록 더 노력하겠습니다. 그리고 인생의 동반자로서 당신과 함께 우리의 버킷리스트를 하나씩 채워 갈 수 있기를 바라봅니다. 그렇게 되기 위해서는 당신 말대로 건강해야 되겠지요. 함께 건강해야 함께 할 수 있다는 생각으로 저의 건강관리에도 신경 쓰겠습니다.

욕심 많은 당신의 아내는 아직도 당신께 원하는 게 많습니다. 첫째, 몸이 건강한 남편(체중 줄이기), 둘째, 평화와 거룩함이 철철 넘치는 남편(성서와 함께), 셋째, 자식들이 존경하는 좋은 아버지가 되기를 기대합니다. 그리고 많이 사랑합니다.


2017. 3. 24.

당신의 아내 김순신(모니카) 올림

# 남산 사랑의 자물쇠

 녹음 짙은 나무들이 반겨서 싱그러움을 더한다. 제주에서 서울 나들이를 왔어도 남산서울타워를 찾은 일은 거의 없었는데 오랜만에 찾으니 많은 볼거리가 있다. 전에 왔을 때는 학생들 인솔하느라 주변을 볼 여유가 없었다.

 남산타워는 1971년 텔레비전과 라디오 방송 송출을 목적으로 세워졌는데, 1980년 10월부터 시민들에게 공개되면서 문화공간으로 거듭나 지금은 서울의 상징이 되고 내국인뿐 아니라 외국인들도 많이 찾는 명소 중 하나다.

 팔각정에서 담소를 나누는 이들의 표정이 여유로워 보인다. 잠시 시원한 바람을 쐬고 전망대에 올랐다. 서울의 빌딩숲과 청와대, 주요 건물들은 제주와는 사뭇 다른 복잡함과 거대함을 보여 준다. 서울시가 한국의 심장부이기에 잘 관리되어서 서울시민이 행복해지고 나아가 서울을 찾는 모든 사람들이 행복해지기를 소망해 본다.

　가족 단위로 온 분들도 있지만 연인들이 더 많이 눈에 띤다. 청춘이 아름답고 사랑의 눈빛 교환이 부러워진다. 이곳은 마치 사랑을 위한 이벤트 장소 같은 분위기다. 하트로 장식된 조형물이며 사랑의 자물쇠 더미들이 이를 말해 준다. 자물쇠를 걸 수 있는 곳이면 어디든 걸어 놔서 전망대 울타리가 온통 자물쇠 더미다. 알록달록 자물쇠 트리도 매달 곳이 없을 정도다. 자물쇠의 모양과 크기, 색깔도 다양하다.

　청춘 남녀가 사랑의 의자에서 인증 샷을 찍고 사랑의 자물쇠에 글자를 새겨 걸어 놓는다. 영원한 사랑 약속을 새기는 그 순간만큼은 엄숙하고 진지하다. 서로에게 갇히는 순간이다.

　서로의 가슴에 큐피트의 화살이 꽂히는 일은 신비이다. 그래서 사랑은 운명이라고 하는 것인지도 모른다. 운명같이 찾아온 사랑도 운명처럼 떠날 때가 있다. 고로 남녀의 사랑은 알다가도 모를 일이다. 서로에게 자물쇠를 채워 사랑을 지키려고 하는 이유가 사랑은 영원하지 않기 때문인지도 모른다. 순수했던 사랑에 온갖 잡다한 것들이 섞이면서 서서히 사랑의 순도는 줄어든다. 섞여 들어가는 것은 정과 연민 미움 같은 것이다. 순도 백 퍼센트의 사랑보다 그게 더 현실적인 사랑일 수 있다. 우리 부부도 서로에게 자물쇠를 채운 지 30년이 넘었다. 이런저런 사건이나 이벤트가 부부의 사랑을 갱신하는 역할을 하고 있어서 그냥저냥 살고 있다. 남녀의 사랑이 영원하기를 바라는 것 자체가 욕심일 수 있다. 그러나 선택한 사랑을 지키려 노력하는 것은 도리이다. 비바람에 흔들리지 않으려고 튼튼한 뿌리를 내리는 노력 말이다. 자물쇠를 걸어 놓는 것도 서로 노력하자는 뜻일 게다.

서투른 시 한편으로 남산 사랑의 자물쇠를 노래해 본다.


숨소리도 멈춘 채

또박 또박

사랑의 약속이 내 몸에 문신으로 남는 순간

목숨 바쳐 지켜야 할 숙제 하나

철컥!

심장에 갇혔지.


비바람 불어도

눈발이 날려도

햇살이 뜨거워도

까짓것 아무것도 아니지

그 사랑 지킬 수 있다면.


어느 날
그 남자
사랑을 끝내고 싶다고
열쇠를 꽂았을 때
심장에서 피가 흐르더라.


절대로
열쇠를 꽂을 수 없게
심장을 돌처럼 만들어 버렸어.


(2015. 애월문학)

# 팔순, 그 아름다운 인생

　얼마 전에 이모부님이 돌아가셨다. 평상시에 건강하게 생활하시다가 병원에 입원 후 나흘 만에 돌아가셨다. 남은 자식들은 효도할 시간을 주지 않고 떠났다고 가슴 아파했지만, 주변에서는 복된 죽음이라고 했다. 100세 시대의 리스크 중의 하나가 질병으로 오래 누워 사는 것인데, 오래 눕지 않고 돌아가셨으니 복된 죽음이라고 하는 거다. 누구나 병상에 눕지 않고 건강하게 살다가 가기를 소망한다. 자식들 입장에서 부모의 건강은 축복이다.

　2015년에 친정아버지는 팔순을 맞았다. 부모님 두 분이 건강하심에 감사하며 일곱 남매가 정성을 다하여 부모님 팔순 기념 행사를 준비했다. 부모님을 위해서 리마인드 웨딩촬영, 팔순잔치, 가족여행을 계획했다.

　웨딩촬영 말씀을 듣고 처음에는 '무슨 쓸데없는 일을 하느냐?' 하시더니, 자식들의 설득작전에 못 이기는 척 넘어가 주셨다.

사진관에 가는 날 아버지는 가장 멋진 양복과 넥타이에 모자까지 준비했고, 어머니는 마음에 드는 양장과 한복 한 벌을 준비했다. 어머니의 고운 얼굴이 머리단장과 잘 어울려 한껏 젊어 보이신다. 사진관에서 마음에 드는 드레스를 골라 입고 나온 어머니는 꽃같이 아름다우셨다. 드레스를 입고 나타난 어머니의 모습을 본 아버지도 입가에 꽃이 피었다. 사진관에 갈 때까지만 해도 할머니가 드레스를 입으면 솔직히 추하지 않을까 하는 염려도 했다. 사람이 꽃보다 아름다운 게 맞다. 추하기는커녕 아름다움을 넘어 우아하기까지 하였다. 아직은 꼿꼿하셔서 그 모습이 마치 성악가 같은 분위기다. 그 옆에 선 아버지도 멋진 신사로 변신했다. 사진관 사장님도 '곱게 나이 드셨네요. 너무 고우세요.' 하면서 부러워하신다. 두 분은 화사한 미소로 카메라의 세례를 받는다. 양장으로 갈아입고 다시 찰칵찰칵, 한복으로 갈아입고 찰칵찰칵, 사진사는 바쁘다. 사진사는 늙은 신랑신부에게 짓궂은 동작들을 주문했고 그때마다 두 분은 자연스럽게 동작을 잘 취했다. 그 모습이 어쩌나 재미있고 아름다운지 보는 자식들이 더 행복하다.

웨딩사진은 액자와 앨범으로 만들어졌다.

자식을 키우는 일이 얼마나 숭고하고 위대한 일인지는 말하지 않아도 안다. 더구나 일곱을 키우는 일은 두말할 나위도 없다. 전기, 수도가 없던 그 옛날, 조밭 뙤약볕에서 김을 매던 어머니의 모습과 젖먹이 어린 동생을 업은 나의 모습이 교차되면 눈물이 난다. 나무 그늘에 애기구덕 앉혀 놓고 밭을 매던 그 옛날의 어머니가 지금껏 건강하셔서 고맙고 감사하다. 어려운 시절에 우리 부모님은 자식 일곱을 보물로 잘 키우셨다.

팔순잔칫날 딸들은 모두 한복을 입고 아들과 사위들은 양복을 입어서 손님들을 맞이하였다. 부모님 웨딩사진도 액자 속에서 손님을 반긴다. 두 분 모습이 단아하고 곱다. 60평생을 함께 살아온 부부의 모습이라 더 아름다운 것이다. 부모님께 감사하는 마음으로 친지와 주변 어르신들께 음식을 대접하니 자식으로서 이보다 더 뿌듯할 수가 없다.

아버지의 살아온 흔적들을 영상으로 만들어 틀어 놓았고, 부모님께 올리는 큰절, 편지글 낭송, 지인의 축사, 이 모든 것이 축복이었다. 뷔페식사 후 노래와 춤을 곁들인 여흥의 시간은 빨리도 지나갔다. 마지막에는 자식들 손자들 모두 나와서 '높고 높은 하늘이라 말들 하지만, 나는 나는 높은 게 또 하나 있지⋯⋯.' 노래를 불렀다.

아버지 칠순 때는 국내 2박 3일 가족여행을 했는데, 팔순에는 해외로 나가기로 했다. 가족들이 근무, 입시학생 배려 등을 하다 보니 12월 31일이 출국 날짜로 잡혔다. 막상 떠나려니 대가족 일행의 비행기 표 구입이 문제였다. 일본이 연휴기간이라 우리 가족 비행기 표를 한꺼번에 구하기가 힘들었다. 궁리 끝에 배를 이용하기로 했다. 서울, 제주, 미국에서 부산으로, 모두 부산 부두에서 만나 배에 올랐다. 일본에 사는 막둥이 가족만 도쿄에서 목적지로 이동했다. 3시간가량 배를 타고 달리는 기분도 새로웠다. 자리 이동이 자유롭고 배 안에서 간식을 사 먹으며 그 시간을 즐겼다.

후쿠오카에서의 첫날 저녁은 선술집<sub>이자까야</sub>에서 했다. 일반 식당들은 모두 문을 닫았기 때문이다. 일정금액을 내면 술은 무제한 먹을 수 있는 곳, 다양한 술과 안주, 간단한 식사로 푸짐한 저녁을 먹었다. 둘째 날 저녁은 호텔 숙소에서 일본의 정식이라고 불리는 가이세키 요리다. 다양한 음식이 정갈하고 정성스럽게 나와서 정말 대접받는 느낌의 식사였다. 노래방 시설이 되어 있어서 한참 동안 마이크는 쉴 새가 없었다.

일본도 신년 연휴에는 식당들이 문을 닫는다. 점심은 도시락, 저녁은 선술집, 나름 일본음식문화를 체험할 수 있어서 좋았다. 유명하다는 '해풍토'라는 식당을 찾아서 대가족이 전철을 타고 이동한 것도 추억이 된다. 제주에서 수출한 일본 올레길도 걷고 온천도 하며 삼대가 함께한 팔순기념 가족여행은 오래오래 잊히지 않을 것이다.

가족 모두가 여행에 동참할 수 있었던 것은 서로 소통하며 계획을 세웠고, 부모님과 함께하는 마지막 여행이 될지도 모른다는 생각에서 참여했기에 가능한 일이었다. 3살 손녀부터 80세 할아버지까지 서른한 명 대가족이 3박 4일 동안 일본에서 쌓은 추억은 가족 한 사람 한 사람의 가슴에 따뜻한 온기로 남을 것이다. 자식은 부모의 사랑을 먹고, 부모님은 자식들과의 추억을 먹고 산다. 다음 가족여행을 꿈꾸며 부모님께서 오래오래 사시길 주님께 기도한다.

(2016. 2.)

# 소망

　누구에게나 소망이 있다. 길게는 평생 이루고 싶은 소망이요, 짧게는 오늘 하루의 소망이다. 가슴에 소망을 품고 있다는 것은 살아내고 있음이요, 삶의 의미이자 희망이다. 그 소망은 이루어질 수도 있고 이루어지지 않을 수도 있다. 소망이 이루어지면 좋겠지만, 설령 이루어지지 않더라도 희망으로서 유효한 것이 소망이다.

　새해 초입에는 모두가 한 해의 소망을 품는다. 새해 첫 일출을 보며 새로운 다짐과 함께 소망을 기원하는가 하면, 조상님 차례상 앞이나 믿는 신에게 간절히 소원한다.

　관광지의 사찰에서도 소망을 기원하는 모습은 볼 수 있다. 불상 앞에 엎드려 절을 올리는 모습을 보노라면 불자가 아니어도 숙연해진다. 필자도 성당의 십자가상 앞에서는 더욱 간절한 마음으로 기도를 한다. 소망이 절실해지면 기도가 되는 것이다. 미약한 인간이기에 창조주에게 의탁하며 스스로 노력하는 삶은 그 자체로서 아름다운 것이다.

지난 연말에 친정어머니의 팔순을 맞아 대만을 다녀왔다. 아버지의 팔순 때는 가족 서른한 명 모두가 함께했는데, 이번에는 다섯 딸들과 어린 손자 포함 열두 명이 동행했다.

대만 여행에서의 백미는 '천등 날려 보내기'라는 이색 체험이었다. 천등 날려 보내기는 직경 1미터 정도의 커다란 등에 소망을 적어서 하늘로 띄우는 것이다.

마침 연말이라 한 해를 돌아보고 새해의 소망을 함께 나누는 시간을 가졌다. 호텔방에서의 밤은 깊어 가는 줄 몰랐다. 딸들의 소망은 자녀의 문제가 우선이었다. 결혼, 취업, 진학 등 진로에 대한 이야기가 주를 이루었고 눈물을 보이기도 했다. 부모님의 소망은 자식 생각뿐이었다. 일곱 남매가 모두 잘되기를 바라는 것이었다. 당신 건강보다도 함께 늙어가는 자식들을 염려하고 걱정해 주는 마음이 자식들 가슴을 적시게 했다. '내리사랑은 있어도 치사랑은 없다.'는 말이 떠오르며 부모님 살아 계실 때 효도를 더 많이 해야겠다는 다짐을 했다.

초등학교 2학년인 조카는 '새해에는 실컷 놀게 해 주세요.'라고 말해서 빵 터졌다. 다른 조카는 '우리나라가 평화로웠으면 좋겠어요.'라고 말해 어른들을 놀라게 했다. 내 자식, 내 가족의 소망 안에 갇혀 있는 사람들에게 국가를 위한 소망 하나씩은 품고 기도해야 한다는 어른 말씀으로 들렸다.

다음 날 아침 우리는 각각의 천등에 새해의 소망을 담아 하늘로 띄워 보냈다. 희미하게 멀어져 가는 천등을 보면서 두 조카의 소망대로 어린이들이 실컷 놀 수 있는 세상, 평화가 온 누리에 가득한 세상이 되기를 기원해 본다.

(2017. 2. 7. 제주일보 해연풍)

# 어느 날의 넋두리

41년 6개월을 교직에 머물다 정년퇴임하시는 두 분 여교장 선생님의 정년퇴임을 축하하는 자리에 다녀왔다. 제주초등여교장협의회에서는 해마다 정년퇴임 여교장 축하연을 마련한다. 영예롭게 정년을 맞아 떠나는 선배님을 축하해 드리는 자리는 교직 선후배의 따뜻한 정으로 아쉬움을 덜어낼 수 있다. 후배들은 자신도 정년 때까지 현직에 남을 수 있기를 바라면서 떠나는 선배님의 제2의 인생을 응원한다.

떠나는 박 선생님과 문 선생님은 그동안 교직생활에서의 보람과 아쉬움을 풀어놓는다. 후배들에게 여성교장의 감수성을 최대한 발휘하여 초등교육 발전을 위해 애쓸 것을 당부하신다.

교직을 천직으로 알고 가시밭길을 지혜롭게 헤쳐 나가셨고,

가는 곳마다 열정을 쏟아부으신 두 분 선생님은 여교장의 귀감이 되는 분이다. 사랑을 실천하는 교육자였고, 후배들에게도 항상 따뜻하게 대해 주셨던 분이다. 두 분은 모두 교육자로서 최고의 훈장, 황조근정훈장을 받으셨다.

축하하는 자리에 앉아 있으면서도 며칠 전 발표한 인사 때문에 속이 상해서 마음이 무겁다. 원하는 학교는 아니어도 괜찮은 학교에 발령을 받았지만 주변에서들 인사에서 밀려난 것처럼 생각하는 것이 나를 우울하게 한다.

2년 6개월 동안 서귀포시에서 근무를 하다가 가까운 곳에서 출퇴근하고 싶은 마음에 제주시로 내신을 냈다. 시내 교감이 빈자리는 복수 교감이 있는 큰 학교 셋을 비롯하여 여덟 학교다. 내가 가고 싶은 학교는 단수 교감이 있는 학교였다. 그리고 가까운 곳이면 더 좋겠다고 생각했다. 그런데 발령받은 학교는 노형초등학교 해안분교장이다. 해안분교장은 구엄에서 다니기에 가깝고 환경이 아름다운 좋은 학교이다. 다만 분교라서 교장이 상근하지 않기 때문에 학교를 관리하는 책임감이 더 무겁다. 본교 교감이 둘이니 교감이 셋 있는 학교에 근무하는 셈이다. 학교장 근평이 교장승진에 반영되기 때문에 복수 교감이 있는 학교는 차등이 있게 마련이다. 본교 교감보다 근평을 더 받을 수 있는 구조가 아님을 알기에 그게 조금 걸리기는 했다. 그래두 가깝구 작구 아름다운 학교라서 싫지는 않았다. 그런데 주변에서 나를 불편하게 했다. 근평 구조를 잘 아는 선생님들이 왜 분교에 갔느냐고 걱정을 하는 것이다. 복수 교감이 있는 데 가면 이미 그 학교 근무경력이 있는 교감이 우선순위가 되기 때문에 신규교감이나 다름없는 것이다. '얼마나 빽이 없으면 분교로 발령을 받았을까?' 하고 생각하는 것 같아서 속상했다. 제주시 교육장이 근평을 주기 때문에 서귀포 경력은 아무 쓸모가 없는 것이다. 경력 교감이 복수 교감이 있는 분교로 발령받았으니 그렇게 생각할 만도 하다. 사실 빽도 없으니 밀려난 게 맞을 수도 있다.

학교라는 곳이 내가 머물러 있으면서 행복할 수 있는 공간이 되어야 한다고 생각했다. '하루를 살아도 행복할 수 있다면'이라는 노랫말처럼 학교에 머무는 동안에는 행복해지고 싶었다. 너무 단순하게 생각했던 것 같다. 작고 아름다운 학교, 가까운 학교에서 근무하면 좋겠다는 그런 단순한 생각 말이다. 교장으로 승진하기 위한 목적으로 학교 선택을 하고 싶지는 않았다. 해안분교같이 아름답고 작은 학교에 근무하는 동안은 그래도 행복할 것 같아서 은근히 그 학교에 근무하고 싶었던 게 사실이다. 천연잔디 운동장과 아름드리 큰 나무들과 각종 야생화가 피어 있는 화단과 그 안에 128명의 학생들이 행복을 가꾸어 가는 곳이기 때문이다.

막상 발령을 받고 나니 그런저런 계산을 하지 못한 자신이 바보 같아서 속이 끓어오르는 것이다. 내가 너무 세상물정을 모르는 낭만적인 생각을 했다는 자책감 때문이다. 서귀포시에서 2년 반 근무한 것은 백지가 되고 제주시에서 다시 근평을 받아야 하는데 교감이 셋 있는 분교에 갔으니 보나 마나 근평은 3순위다. 그런 생각을 미리 했더라면 복수 교감이 있는 큰 학교에는 가지 말아야 하는 것이다.

'왜 남의 눈에서 자유롭지 못할까? 내가 행복하면 그만이지 그런 시선 따위에 왜 신경을 쓰는가?' 하면서도 돌아서면 속이 편치 않다. 이게 나의 한계인가 보다. 그런 내가 싫다.

퇴임하시는 교장선생님을 붙잡고 그런 내 마음을 하소연하고 싶었다. 그러나 그건 순전히 속마음뿐이었고 내색도 못했다. 만약 선생님께서 나의 말을 들었다면 그분들은 어떤 대답으로 나를 위로할까?

'人間之事 塞翁之馬'라는 말로 위로해 주실 것 같다. 그 말로 위로를 삼으려 한다. 그리고 인사철 며칠 동안 속상해도 앞으로는 매일매일 행복할 거라 믿고 싶다. 파란 잔디밭 위에서 뛰어노는 희망의 아이들과 함께하는 그 시간들이 나를 행복하게 해 주리라고 믿는다. 교장 승진이 조금 늦더라도 나에게 행복이 우선이니까….

혼자 넋두리를 풀어놓다 보니 마음이 조금 편안해졌다. 행복은 내가 주인이 되는 삶 속에서 내가 찾는 것이니 오늘도 감사하자. 감사 속에 행복이 있으니, 가깝고 아름다운 해안분교에 발령받음을 감사하게 생각하자. 스스로 주문을 걸어 본다.

(2011. 2.)

오래전 써 놓은 글이다. 지금 읽어 보니 그 당시 많이 힘들었던 심경이 그대로 담겨 있어서 그대로 싣는다. 지금은 본교로 승격되었지만, 그 학교에서 근무했던 아름다운 추억들이 잊히지 않는다. 나에게 해안분교는 고향 같은 근무지였다.

(2018. 6.)

# Me too와 소망이

요즘 한창 미투me too라는 단어가 인터넷을 달구고 있다. 유명 배우에서부터 문화예술계의 거장까지 뉴스에 오르내리고 있다. 하룻밤 자고 나면 또 다른 피해자가 me too를 선언하고 그의 이름은 검색어의 윗자리를 차지한다. 가해자에 대한 실망과 피해자에 대한 연민이 엇갈리면서 착잡한 심정이 된다. 의도적이든 의도하지 않았든 타인의 성적자기결정권을 침해한 사람들은 요즘 잠을 잘 못 자고 있을 것이다. 가해자로 세상에 알려지면 어쩌나 하는 조바심 때문에 말이다.

알려지지 않았다고 죄가 없는 것은 아니다. 죄 지은 자는 잊을지 모르지만 피해자는 잊지 못한다. 가해자를 용서해 주는 것은 피해자의 몫이지만, 피해자에게 진정 어린 용서를 빌고 죄의 대가를 치르는 것이 마땅하다. 세상 살면서 잘못에 대하여 용서를 비는 일도 어렵지만 용서하는 일은 더욱 어렵다.

용서했다고 그 일이 잊히는 것은 아니다.

필자는 오래전 동하년 선생님이 업무처리 과정에서 상처를 준 일을 아직도 지울 수 없다. 마음속으로 용서했지만 잊히진 않는다. 업무상 자존심을 상하게 한 것도 못 잊는데, 하물며 성적으로 상처를 준 사람을 어떻게 잊겠는가.

자신의 성적피해를 세상에 드러내는 일은 과거의 아픔을 치유하고자 하는 몸부림이며, 또한 사회변화를 외치는 용기 있는 순교라고 생각한다. 한편으로는 가해자에 대한 복수심일 수도 있지만, 더 큰 이유는 이 세상에서 자신과 같은 피해자가 더 이상 생기지 않기를 바라는 사회적 고발임을 알아야 한다. 성폭력에 관한 한 우리는 가해자의 죄를 탓하기보다 피해자를 가십거리로 삼으면서 2차 피해를 주는 경우가 종종 있다. 성 인권을 침해한 가해자의 행위는 어떤 경우에도 정당화될 수 없음에도 불구하고 가해자의 죄를 탓하기보다 죄 없는 피해자가 도마 위에 오르내린다.

창조주께서 남자와 여자를 서로 평등하게 창조했다. 서로의 속성이 근본적으로 다르다 하여도 양성 모두 존중되어야 마땅하다. 그러나 우리는 남성이 여성보다 우위에 있다는 왜곡된 남성 중심적 성문화 속에 길들여진 조상의 후손들이다. 조선시대의 '남존여비 男尊女卑' 사상이 불러온 결과물이기도 하다. 남자는 이끌고 여자는 따른다는 '남수여종男帥女從', 여자를 남자의 종속적인 위치로 설정한 '삼종지도三從之道' 칠거지악七去之惡 등의 용어가 사회적으로 통용되었던 구시대의 잔재에서 우리는 아직도 벗어나지 못하고 있는 것은 아닌지 스스로 돌아봐야 한다.

'me too'의 본질은 둘의 관계에 서로 합의가 없는 상태에서 이루어진 성적 행동이라는 점이다. 인간의 性은 나의 본질과 가장 밀접한 정체성이며 나를 지탱하는 힘이다. 그래서 성적 언행은 조심스러워야 한다. 더구나 권력이나 지위를 이용해서 상대의 성인권을 침해하는 행위는 범죄이며 치졸한 것이다. 양성평등 기본법에 남녀가 차별받지 않을 권리를 인정하고 있고 그 실현을 위한 일들을 시행령으로 정하고 있지만 아직도 성차별적 요소들을 곳곳에서 볼 수 있다.

'열 길 물속은 알아도 한 길 사람 속은 모른다.'는 속담처럼 남자, 여자를 떠나 서로를 이해하기는 쉽지 않은 세상이다. 친구가 적이 되고, 부부가 남남이 되기도 한다. 결혼해서 35년 이상을 함께 살아도 남편을 다 알지 못하니 남과 여는 그 깊이가 얼마나 되는지 모르겠다. 35년을 함께한 남편도 이해 못하는 필자가 동물의 속성을 몰라 큰 죄를 지은 적이 있다. 지금도 그때 일을 생각하면 죄책감을 감출 수 없다.


 소망이는 맨체스터 테리어 잡종인 검은색의 순한 개다. 어느 날 남편이 데려왔는데 자주 목욕시키고 관리할 자신이 없어서 집 밖에서 키웠다. 먼발치에서 주인과 눈만 마주쳐도 꼬리를 흔들면서 납작 엎드려서 재롱을 피웠던 개다.

 어느 날 소망이를 찾아온 몸집이 큰 누런 개 한 마리를 멀리 쫓아낸 지 며칠 후, 소망이는 그놈과 엉덩이를 맞대고 낑낑대고 있었다. 소망이가 힘들어하는 것 같아서 얼른 떼어 놓아야겠다는 생각으로 큰 개를 다그쳤다. 그러자 그 개는 도망치려 했고 우리 소망이는 목줄 때문에 양쪽으로 당기는 고통을 당했다. 안타까워 줄을 풀어 주자 소망이는 그놈의 엉덩이에 매달린 채 어디론가 끌려갔다. 한참을 기다리니 소망이는 힘 빠진 모습으로 돌아왔다. 다음 날 소망이는 싸늘한 주검으로 아침을 맞았다.

 소망이의 죽음에 온갖 추측을 달며 원인을 찾았다. 결론은 나의 무지 때문이라는 걸 알았다. 개는 짝짓기 할 때 가만히 두어야 하는 거란다. 사람이 떼어 놓고자 해서 금방 떼어지는 것이 아니라는 것이다. 소망이는 그 후유증으로 세상을 뜬 것이라고 결론을 내렸다. 소망이가 상대와 어떤 합의하에 그 일을 했을 수도 있고, 막무가내로 큰 개가 힘으로 들이밀었을 수도 있지만, 그 순간을 나는 못 본 척했어야 하는 거였다.

지금도 나의 무지가 우리 집 소망이를 죽게 했다는 죄책감은 여전하다. 이미 이 세상에 없는 소망이의 안식을 위해 기도하고 용서를 빌 뿐이다.

(2018. 제주문학)

# 맞춤형 진질

해외여행 갈 때는 아예 한국과의 소식 두절을 염두에 두고 떠나는 경우가 많다. 호텔에 가면 근거리 무선망이 있어서 카톡으로 연락을 주고받을 수 있으니 말이다. 굳이 비싼 요금을 낼 이유가 없다. 그럼에도 불구하고 이번 여행은 학년말이라 학교와의 연락을 위해 핸드폰 로밍을 신청했다.

중국에 도착하여 핸드폰을 켰더니 엘티이LTE가 아닌 3G 핸드폰은 다른 조치를 취하라는 문구가 떴다. 여러 번 시도를 해도 깜박거리다가 꺼져 버린다. 친구들은 아직도 3G를 쓰냐며 2년이 넘으면 무조건 고장 나는 게 한국 핸드폰인 줄 모르느냐고 한다. 핸드폰이 중병에 걸린 것 같아 내심 불안해진다.

인간 백세시대에 핸드폰은 2년 시대(?)라는 말인가? 장삿속으로 새로운 버전을 출시하는 상술에 새로운 것을 찾는 고객들은 넘어간다. 사람마다 맞는 옷이 있듯이 핸드폰도 내가 쓰는 데 전혀 불편함이 없으니 나에게 맞는 폰이라고 여기면서 잘 썼다. 엘티이LTE와 3G의 차이점은 속도의 차이다. 속도가 빠르니 당연히 데이터도 많이 쓰게 된다. 빨리빨리를 좇는 이들은 더 속도가 빠른 핸드폰이 나오면 다시 바꾼다. 그러다 보니 핸드폰의 수명이 2년이라는 말이 나온 것이다.

핸드폰이 고장이라 로밍을 취소해야 하는데 해외라 부탁하기가 미안해서 오래 망설였다. 그런 나의 마음을 헤아린 동창 친구가 있었다. 자기 전화기로 한국의 통신사와 연결을 해 준다. 사정을 말하고 로밍을 취소했다. 평소에도 인품이 남다르다고 생각했었는데 여행에서 그의 진면목을 보게 되었다. 참으로 고마웠다. 나에게 딱 필요한 그 순간에 꼭 맞는 친절을 베 풀어줘서 오래 잊히지 않을 것이다.

제주에 도착하자마자 서비스센터를 방문하였다. 담당자는 아예 고객 이름 대신 '15○○님' 하고 전화번호로 고객을 부른다. 전화기 병원이라 그런가 보다. 담당직원은 이야기를 듣고 전화기를 점검하더니 사형선고를 내렸다. 원인이 무엇이냐는 물음에 모른다는 대답과 함께 서비스센터는 부속을 교환하는 정도지 고장의 원인을 찾아내서 고치는 데는 아니란다. 이런 때 '헐~'이라는 소리가 절로 나온다. 아픈 사람이 병명을 몰라 죽으면 답답한데 핸드폰이라고 다를 바 없다. 적어도 전화기가 생을 다하고 죽었는지, 뇌진탕인지, 심장마비인지는 알고 싶었다. 전화기는 병명도 모르고 수술도 불가능한 상태인가 보다.

전화기가 없으니 남편, 아들 전화번호 말고는 기억이 안 난다. 그 많은 전화번호가 사라졌고 사진, 메모 내용 모두가 사라졌다면 난 어쩌란 말인가? 담당직원에게 애원하듯 전화번호만이라도 어떻게 안 되겠느냐고 했더니, 꼭 복구해야 될 자료라면 사설 복구 전문 업체를 방문해 보라고 한다. 사설업체의 위치를 물었을 때 어느 부근이라고만 한다.

아래층 핸드폰 가게에는 새로 나온 전화기들이 쇼윈도 안에서 각자 뽐내고 있었다. 여직원은 나에게 맞는 핸드폰을 추천하느라고 조목조목 설명을 해 준다. 데이터 용량이며 통화량, 문자서비스 등, 남들이 보면 정말 친절한 아가씨라고 여겼을 것이다. 그러나 필자는 그 말이 귀에 들어오지 않는다. 그 당시 나에게 필요한 것은 사라져 버린 것들에 대한 복구할 수 있다는 희망, 믿음, 없어진 자료들 때문에 속상한 마음을 위로해 주는 어떤 한마디가 필요했던 것이다. 아가씨는 핸드폰을 파는 업무에 충실하여 정말 친절하게 설명했지만, 나에게 맞는 맞춤형 친절은 아니었다.

안절부절못한 마음을 진정시키며 전화기를 빌려 아들에게 자초지종을 하소연하듯 털어놨다.

"엄마, 네이버 주소록 쓰고 있잖아요? 네이버 주소록 쓰고 있으면 다 있어요. 걱정하지 마세요." 구원의 목소리가 귓가에서 울린다. "정말? 나 그거 때문에 얼마나 속상했는데……."

갑자기 배신감이 들었다. 서비스센터 직원은 왜 네이버 주소록 사용하고 있는지를 물어보지 않았는지, 진작 그 이야기를 해 주었더라면 가슴 졸이지 않아도 될걸.

다음 날 아들이 핸드폰을 사 들고 학교로 방문하였다. 유심 칩을 새로 산 핸드폰에 바꾸어 끼우니 네이버 주소록에 저장된 번호들은 그대로 있었다. 구사일생으로 살아난 기분이었다. 그런데 어제 가슴 졸이며 실망했던 일을 생각하니 서비스센터 직원에 대해 은근히 부아가 올라왔다. 3G 핸드폰을 쓰니까 '네이버 주소록'도 사용 안 하는 아날로그 고객으로 여겼다는 생각이 들어서다.

이번 핸드폰 고장 사건을 통해 친절도 맞춤형 친절이 필요하다는 생각을 했다. 서비스센터 직원은 친절하게 기계 수리에 대해서만 이야기했고, 핸드폰 파는 가게 여직원은 핸드폰의 가격, 성능에 대하여만 친절하였다. 고객의 마음을 헤아리는 것은 친절의 목록에서 빠진 것이 문제다. 그리고 고객에 대한 선입견 때문에 가능성에 대한 질문을 하지 않았던 것도 문제다. 처음 갔을 때 "혹시 네이버 주소록 쓰고 있어요?"라는 한마디만 먼저 물어봤어도 가슴 졸이는 일은 없었을 것이다. 무한경쟁시대에는 친절메뉴도 무한하다. 그중의 첫째가 상대의 속마음을 헤아리고 꼭 맞는 맞춤형 처방의 한마디가 중요하다.

또 네이버 주소록 쓰면 전화기를 바꾸어도 그 번호를 불러올 수 있는 사실을 미처 생각 못한 필자의 아날로그적 사고가 스스로를 화나게 했다.

(2017. 제주문학)

## 멋진 건배사, 그러나

　지난 8월 제주 PEN클럽이 연변시인협회와의 문학교류 행사를 연변에서 개최했다. 그날은 일송정, 윤동주의 생가와 묘지, 대성중학교 등을 둘러본 날이라 하루가 짧았다. 행사 장소에 조금 늦게 도착하자 연변 시인들이 반갑게 맞는다. '섬과 대륙을 잇는 문학의 바람'이라는 현수막이 제주문학과 연변문학의 소통의 장임을 알려 준다. 제주에서 만들어 간 「섬과 대륙을 잇는 문학의 바람」이라는 공동 작품집을 보면서 낯섦을 익혀 갔다. 서로가 문학인이라는 이름으로 만나서인지 쉽게 대화가 트였다. 특강에 이어 서로의 작품을 낭송하며 문학의 향기에 취했다.

　이어서 만찬의 시간이 되고 진수성찬이 차려졌다. 여종업원 셋이 악기를 연주하며 간드러진 목소리로 노래를 몇 곡 부르고 나니 독한 중국술과 제주에서 가져한 '한라산' 소주가 넘나들었다.

술이 있는 자리에는 건배사가 있게 마련이다. **몇몇** 사람이 건배사를 했는데 기억에 남는 건배사가 있어서 이야기하고자 한다. 연변에서 문예평론가로 활동하시는 최 선생님(79세)이 하신 건배사다. "문학과 술이 있으면 천국이다. 거기에 여자가 있으면 지옥도 천당이다."라고 외쳤다. 그 말이 끝나자 술잔들은 마치 천당에라도 온 듯이 한바탕 웃음과 뒤섞이더니 곧 빈 잔으로 선다. 필자도 웃으며 술잔을 비우는 순간 뭔가 이건 아니라는 생각이 스쳤다. '문학과 술이 있으면 천국이다.'라고만 했으면 정말 멋진 건배사가 되었을 텐데, 하필 여자를 끼워 넣어서 나의 심기를 건드렸는지 모르겠다. 어찌 보면 그 자리가 천국처럼 즐거운 자리라는 것을 강조하고 싶어서 그렇게 말씀 했겠지만 필자가 듣기엔 거북스러웠다. 여자가 남자에게는 아직도 도구로서 존재하는가 하는 생각이 들어서이다. 연변은 한국에 비해 아직도 성차별이 더 심할 수도 있다는 생각을 했다.

마침 필자에게도 건배할 기회가 주어졌다. 그 순간 묘한 복수심(?) 같은 것이 발동하였다. 조금 전 건배사에 화답을 한다면서 "문학과 술과 남자가 있으면 지옥도 천당이다."라고 했더니 또 한 번 술잔이 웃음과 함께 흔들린다. 짧은 생각에 되갚음으로 그렇게 말은 했지만 똑같은 사람이 된 것 같아 곧

후회했다. 그 자리에서 필자의 마음을 헤아린 사람이 몇이나 되었는지 모르겠다. 젠더 감수성이 높은 분들은 이해를 했을 것이고 그렇지 못한 분들은 그냥 웃으라고 한 소리로 들었을 수도 있다.

'젠더 감수성'이라는 말은 성, 성역할 때문에 발생하는 남녀의 차별, 비하, 폭력 등을 당연시하거나 무심히 지나치지 않고 이를 감지하는 능력을 말한다.

제주에 돌아와서 사석에서 동행했던 분과 그 건배사 이야기를 했더니, 양성평등의 관점에서는 부적절한 건배사였다고 필자의 생각에 동의했다.

남자와 여자는 생물학적으로 다르지만 차별되어질 존재는 아니다. 똑같이 신이 창조한 인간이기에 우리 사회에서 서로 존중하며 함께 살아갈 동반자이다. 오랜 타성이라는 이유로 무감각하게 행해지는 차별들은 누군가 이야기를 해 주면서 바꾸어 나갈 책임이 있다.

그날의 건배사 중 앞부분 '문학과 술이 있으면 천국이다.'라는 말은 아직도 멋진 건배사라고 생각한다. 다만 뒷부분을 생각하고 싶지 않을 뿐이다.

(2017. 9. 26. 제주일보 해연풍, 2017. 제주여류수필)

# 만남

'우리의 만남은 우연이 아니야, 그것은 우리의 바램이었어.'

초등학교 때 헤어진 옛 친구를 만났을 때 이 노랫말이 떠올랐다. 만나고 싶고, 보고 싶었던 친구를 43년 만에 만났으니 서로의 바람이 아니었으면 만남이 이루어지지 않았을 것이다. 간절한 기도가 통했는지, 그 친구는 서울깍쟁이가 되었고 나는 제주 아주머니가 되어서 만난 것이다. 그래도 우리는 한눈에 알아보고 얼싸안았다. 곤드레밥을 먹고 차를 마시며 43년 만의 회포를 풀었다. 이제 스스럼없는 친구가 되었고 서로 왕래하며 지내고 있다.

그 노랫말이 다시 떠오르는 건 남북 정상의 만남 때문이다. 그 역사적 순간은 탐라교육원에서 연수 중에 보게 되었다. 강사 선생님과 함께 연수생 모두는 숨죽이고 생중계를 봤다. 가슴이 뛰었다. 북쪽에서 걸어오는 김정은의 모습과 남쪽에서 그를 기다리는 문재인 대통령, 걸어와서 둘이 만나는 순간까지 짧은 시간이었지만 보는 이들에게는 길게 느껴졌다.

온 국민이 이 순간을 뜨거운 가슴으로, 또는 주체 못할 감동으로 보고 있을 터인데, 정작 주인공 두 사람은 여유가 있어 보인다. 우리 대통령이야 나이가 있어서 그렇다 하더라도 30대의 김정은 위원장은 떨릴 만도 한데 전혀 그런 낌새가 없다.

두 정상의 표정이며 걸음걸이, 동선, 의식행사를 대하는 태도 등을 비교하면서 텔레비전에서 눈을 떼지 못했다. 뭔가 서로 다른 점을 찾아내려는 차별의식이 발동하였다. 우리는 오래전부터 남과 북은 서로 다르다는 고정관념 속에 갇혀 살아 왔는지도 모른다. 어릴 때는 북한사람은 뿔 달린 줄 알았다. 북한하면 먹을 것이 없어서 굶주리고 있는 사람들을 떠올렸다. 철들면서는 6·25의 도발을 생각하며 공산체제의 북한을 적으로 여겨 왔다. 반공교육을 받은 세대들은 별 차이가 없을 것이다. 북한도 남한을 적으로 생각하고 핵무기 개발 등 군사력을 키워 온 게 사실이다.

남한과 북한은 같은 민족이라는 정서보다는 적대관계였다. 그게 걸림돌이 되어 휴전 이후 내내 남과 북은 대치상태로 지내 왔던 거다. 얼마 전까지만 해도 한반도에 전쟁이 일어난다는 말이 나돌았는데 두 정상이 반갑게 만나는 모습을 보니 세상이 바뀌었나?' 하는 착각이 들 정도다.

우리 대통령은 시종일관 미소를 잃지 않았고, 김정은은 휴전선을 넘어왔다가 다시 넘어가는 여유까지 보여 주면서 보는 이를 웃게 만들었다. 전 세계로 중계된 방송이라 역사적 순간을 지켜본 수많은 사람들은 문재인 대통령과 김정은을 다시 봤을 것이다. 두 정상은 오래 헤어졌다 만난 이산가족처럼, 내가 옛 친구를 다시 만나 회포를 푼 것처럼 정겨운 대화를 했다. 그 내용이야 모르지만, 보는 이는 북한과 남한이 적대적 관계에서 동반자적 관계로 나아가는 시발점이라고 여길 만했다.

역사적인 4·27 판문점 선언이 나왔고, 그로 인해 남과 북은 평화에 대한 희망을 키워 가게 되었다. 4·27 판문점 선언은 "한반도의 항구적이며 공고한 평화체제 구축을 위하여 적극 협력해 나갈 것"을 추구하였다. 특히 연내 남, 북, 미 혹은 남, 북, 미, 중 회담을 추진하여, 65년간 이어져 왔던 휴전 중인 한국 전쟁을 완전히 종식하고 연내 종전선언과 함께 평화체제를 구축하기로 남북이 합의했다. 아울러 "어떤 형태의 무력도 사용하지 않는" 불가침 합의를 재확인하고, 군사적 긴장 해소와 신뢰의 실질적 구축을 위해 단계적 군축을 실현토록 하였다. 이 밖에도 양 정상은 정기적인 회담과 직통전화를 개설해 민족의 중대사를 수시로 진지하게 논의하고 신뢰를 굳건히 하며, 남북관계의 지속적인 발전과 한반도의 평화와 번영·통일을 향한 좋은 흐름을 더욱 확대해 나가기 위해 함께 노력하기로 했다.

얼마나 희망적인가? 그 소망이 이루어지기를 간절히 바란다. 간절히 원하면 이루어진다. 온 국민이 한마음으로 한반도의 평화와 통일을 위해 기도해야 한다.

그리 쉽게 만나 손잡을 수 있는 걸, 왜 이제야 하느냐고 묻지 말라. 얼마나 많은 기도와 바람이 있었기에 이루어졌는지를 기억하라. 그동안 한반도의 평화를 위해 기도했던 많은 국민들이 있었기에 오늘 같은 감격적인 순간이 오지 않았나 생각한다.


선언 내용의 일부는 이미 이행되었다. 국방부가 4·27 판문점 선언의 후속조치로 대북 확성기 방송시설을 철거했고, 북한은 남한과 같게 표준시를 통일했다. 핵 실험장을 폐쇄하겠다는 약속도 이행했다. 앞으로 지속적으로 후속조치들이 이루어지다 보면 통일을 기대해도 좋을 것 같은 예감이다.

일부에서는 북한을 그리 쉽게 믿으면 안 된다는 말도 한다.

그동안 약속을 어긴 경우가 여러 번 있었기에 그렇게 생각하는 것도 당연한 것이다. 그러나 믿는 도끼에 발등이 찍히더라도 믿어 보는 배짱도 필요하다. 문재인 대통령이 대화를 시도하면서 믿음을 주었기에 김정은도 마음이 움직인 것이다. 김정은이라고 속셈이 없겠는가? 핵 폐기를 하면서 그냥 하지는 않을 것임은 누구나 아는 사실이다. 어쨌든 남북 정상이 만나서 한반도의 평화를 위한 큰 결단을 내린 것에 대하여 국민의 한 사람으로서 찬사를 보내며 감사드린다.

이번 판문점 만남을 통해서 판문점에 대한 유래도 알게 되었다. 판문점은 '널빤지 문 마을' 즉, 널문리에서 유래되었다고 한다. 1592년 임진왜란 당시에 선조임금이 일본군을 피해 개성으로 피란을 가는 길에 강물이 불어 강을 건널 수 없게 되었다. 그때 동네 사람들이 자기 집 널문을 뜯어 와서 다리를 만들어 임금을 무사히 개성으로 피난시켰다고 한다. 그때부터 '널문리'라 불렀고, 그 말이 한자표기로 판문점이 되었다고 한다. 임금님의 안위를 위해 문을 뜯어내는 백성들의 사랑이 남긴 널문리는 38도선과 가장 가까운 탓에 휴전 당시에는 이 마을에서 휴전협정을 했다. 그러고 보면 판문점은 조선시대부터 우리의 아픈 역사적 사건들을 겹겹이 품고 있다. 임진왜란의 아픈 기억 외에도 판문점 도끼사건이 있지 않은가.

통일이 되어서도 판문점은 우리 대한민국의 산증인으로 남아 두고두고 숱한 이야기를 쏟아낼 것이다.

'남북의 만남은 우연이 아니야. 그것은 우리 국민 모두의 바램이었어…….' 노랫말을 바꾸어 부르고 싶어진다.

(2018. 5.)

# 인생 제2막을 채비하는 여행객에게

김 양 훈
(칼럼니스트, 프리랜서 작가)

1.

꿈을 꾸는 자도
꿈속에 파묻힌 자도
꿈을 이루어 넘치는 자도
이 세상 종착역이
어딘지 모르고
굳이 알려고도 하지 않는다.

하나 문득 그 꿈에서 깨어나
어느 이름 모를 간이역에서
막차를 기다리고 서 있는
초라한 자신을 보고서야
비로소 깨닫게 된다.

종착역을 향하는 여정에, 미처

채비를 다하지 못했다는 것을

　　　　　　　　　- 임영준의 시 '종착역'


　이 시는 이름 모를 어느 간이역에서 종착역을 향해 떠나는 여행객의 모습을 그리고 있다. 그는 여행을 위한 '채비'를 여태껏 다 하지 못한 자신의 삶을 문득 되돌아본다. 종착역이 어딘지도 모르는 불안한 여정을 앞에 두고 있다. 그가 들고 있는 기차표는 다시는 돌아올 수 없는 편도 티켓이다. 발문을 쓰고 있는 김순신 작가의 수필집 제목이 바로 '채비'인지라, 간이역에 선 채 자신의 초라함을 토로하는 시詩 '종착역'의 주인공을 들여다보았다. 그 어느 날 내팽개치듯 간이역에 황망히 서 있던 내 모습이 떠올랐다. 그러나 작가 김순신은 종착역으로 떠나는 채비가 단단하다. 무엇보다 작가 김순신은 간이역 출발이 아니다. 초라하지도 않다. 벗들과 후배들이 작가의 새 출발을 환송한다. 부러운 풍경이다. 부러운 마음으로 이 글을 시작한다.


　2.

　김순신 작가는 내가 떠난 고향마을 구엄리에 이주해 살고 있다. 옛날 제주는 마을 간 왕래조차 별로 없었는데, 요즘은 딴판이다. 마을 간 경계는 겹쳐 시러져 기고 토박이쇠 이주민들이 한데 뒤섞여 산다. 이웃마을 신엄리 바닷가에 살며 집필작업을 하는 김석희 형을 통해 작가의 남편을 먼저 알았다. 어디로 보나 나는 발문을 쓰기엔 역부족인 사람이다. 다만 김순신 작가가 나의 고향마을 구엄리에서 15년째 살며 글을 쓰고 있다는 인연 하나만으로 선뜻 응낙했다. 또 한편 작가의 남편이 정중하게 부탁하는 터라 함부로 청탁을 거절하기가 쉽지 않았다. 이쯤이 발문을 쓰게 된 어쭙잖은 나의 변명이다.

발문 원고청탁을 받고 김순신 작가가 앞서 펴낸 두 권의 수필집을 숙제하듯 읽었다. 첫 수필집의 제목은 「바람, 사람, 사랑」이고, 두 번째 수필집은 「길에서 길을 찾다」이다. 성격은 그 사람의 운명이고, 직업은 속이지 못한다는 말이 있다. 글의 운명도 그런 게 아닐까? 작가의 문장은 모범생 소녀가 쓰듯 단아하고 정갈하다. 부질없는 과장도 없다. 작가의 글 속에는 나이를 잊은 문학소녀의 감수성이 가득하다. 글의 표현과 형식은 수필의 표준형식에 한 치도 어긋남이 없이 반듯하다.

수필은 장년문학이라고 한다. 수필은 무엇보다 자신의 삶

속에서 겪은 체험을 문학적으로 풀어내는 글이기 때문이다. 작가는 자신의 경험을 바탕으로 수필을 쓰면서 글의 말미에는 깊은 사색과 종교적 영성에서 얻은 통찰과 교직생활에서 얻은 인생철학을 버무려 그 의미를 재해석한다. 삐딱함은 찾아보기 힘들다. 교직으로 평생을 살아온 작가의 품성이 고스란히 녹아 있다.

첫 수필집 제목 「바람, 사람, 사랑」은 운율조차 멋있다. '이곳에 사는 즐거움'이란 글은 바닷가 마을 구엄리로 이사를 와서 얻게 된 행복을 그리고 있다. 이 구엄리 마을을 떠나 47년을 부평초처럼 타향을 헤매는 나로선 부러움이다. 글의 마지막 단원은 이렇게 끝난다. '이곳으로 이사를 온 후 먹을거리에 대한 걱정도 줄어들었다. 집 옆 조그만 빈터에 상추, 깻잎, 호박, 방울토마토 모종을 사다 심었더니, 뿌린 대로 거둔다는 말처럼 고맙게도 쑥쑥 자라 주어서 올여름에는 싱싱한 무농약 야채를 즐겨 먹을 수 있었다. 금방 따온 상추, 깻잎으로 밥상을 차리는 일은 신나는 일이다.' 돌과 바람의 마을 구엄리에서 이웃과 사이좋게 살며 사랑을 나누는 모습이 좋다. 뿌린 대로 거두는 무공해의 밥상이 곧 정의로운 세상이다.

두 번째 수필집 「길에서 길을 찾다」의 글 '바보스승'에는 언제부턴가 교사가 학부모나 학생들에게 존경과 사랑의 대상이 아니라 지식전달자로 대접받는 것에 대한 작가의 회한을 담았다. 교사의 교수권과 학생의 학습권이 제대로 정립되지 못한 교육현장에서 겪는 혼란이 원인이라 진단한다. 작가는 누구를 탓하기에 앞서 교사들이 먼저 학생들을 위해 묵묵히 헌신하는 '바보스승'이 되라고 주문한다. 그러면서 유명한 헨리 반다이크의 '무명교사예찬'의 한 구절을 인용하였다.

나는 8월 말로 40년 교직을 떠나는 김순신 교장 선생님에게 이 시의 전문을 바치고 싶다. 김순신 작가는 교사로서, 어머니로서 그리고 신앙인으로서 자신의 모든 것을 기꺼이 바치고 40년의 전쟁에서 승리를 거두었기 때문이다. 마땅히 예찬, 그 이상을 받아야 한다.

나는
무명교사를 예찬하는 노래를 부르노라.
위대한 장군은 전투에 승리를 거두나
전쟁에 이기는 것은 무명의 병사이다.

유명한 교육자는 새로운 교육학의 체계를 세우나,

젊은이를 건져서 이끄는 자는 무명의 교사로다.

그는 청빈 속에 살고 고난 속에 안주한다.


그를 위해 부는 나팔 없고,

그를 태우고자 기다리는 황금마차 없으며,

금빛 찬란한 훈장이 그의 가슴을 장식하지 않는다.


묵묵히 어둠의 전선을 지키는 그 무지와

우매의 참호를 향하여 돌진하는 어머니,

날마다 쉴 줄도 모르고

청년의 적인 악의 세력을 정복하고자 싸우며,

잠자고 있는 영혼을 깨워 일으키며

게으른 자에게 생기를 불어넣어 주고,

열심히 노력하고자 하는 자를 격려하며,

방황하는 자의 마음을 확고히 하도다.


그는 스스로의 학문하는 즐거움을 젊은이에게 전해 주며,

최고의 정신적 보물을 젊은이들과 함께 나눈다.


그가 켜는 수많은 촛불들,

그 빛은 후일에 그에게 되돌아와 그를 기쁘게 하노니,
이것이야말로 ㄱ가 받는 보상이로다.

지식은 책에서 배울 수 있으되
사랑하는 마음은 오직
따뜻한 인간적 접촉으로써만 얻을 수 있는 것이로다.

온 나라를 두루 살피되,
무명의 교사보다 더 예찬을 받아 마땅한 사람이 어디 있으며,
민주사회의 귀족적 반열에 오를 자 그 밖에 누구이랴?

그는 실로
"자신의 임금이요, 인류의 머슴이로다!"

## 3.

자, 이제 작가의 세 번째 수필집 「채비」로 들어가 보자.

얼마 전 제주시 탑동에 있는 카페에서 작가 부부와 함께 차를 마셨다. 이번 세 번째 내놓는 수필집 제목을 아직 다 정하지 못했다며, 책 제목으로 '채비'가 어떠냐고 물었다. 작년에

봤다는 영화 '채비'에 대한 감동의 이야기도 곁들였다. 영화 '채비'는 시한부 인생을 선고받은 엄마가 지적장애를 가진 아들과의 이별을 준비하는 내용이다. 이러저러한 대화 속에서 나는 작가가 인생 2막의 채비를 단단히 하고 있음을 알 수 있었다. 작가는 그러면서 채비의 의미가 하나 더 있다고 말했다. 그것은 채움과 비움이다. 우리네 삶이란 채우고 비우고, 다시 그 빈 자리를 새롭게 채워가는 순환의 과정이 아니던가! 그렇다, 우리의 삶이란 건 채움과 비움을 반복하는 다람쥐 쳇바퀴다. 작가는 무미건조하기 쉬운 도돌이표 일상 속에서 삶의 보석을 건져내는 순례자의 모습으로 살고 싶어 한다.

수필집 '채비'의 제목이기도 한 첫 번째 글에서 작가는 제2의 여정을 떠나는 여행객의 몸가짐에 대해 말한다. 꼭 필요한 것만 챙긴 가벼운 차림이 그 첫째라며 이렇게 채비를 이야기한다. '인생 최고의 아름다운 길, 보람의 길을 무사히 잘 걸어왔다. 이제 그 길은 끝이 나고 새로운 길로 접어든다. 40여 년 동안 달려온 교직이라는 인생 열차에서 내려 제2의 열차에 탑승할 채비를 한다. 가벼운 옷차림과 꼭 필요한 것만 챙기면 된다.'

그러면서 '채비'의 또 다른 뜻, 채움과 비움을 간결하게 표

현하였다. '인생의 채비는 삶과 죽음을 준비하는 것이다. 삶
을 준비하는 것은 채움이요, 죽음을 준비하는 것은 비움이다
삶과 죽음 사이에 채워야 할 것은 한마디로 사랑이다. 사랑으
로 채우고 그 사랑이 흘러넘치게 둑을 허무는 일을 반복하는
것이 채비이다.' 여기서 일상 반복하는 삶의 허무함을 사랑의
힘으로 허물려 하는 작가의 여행채비를 생각하게 된다.

8월이 끝나갈 무렵, 기차는 채비를 마친 멋진 여행자 한 분
을 싣고 떠난다. 인생이란 기찻길엔 종착역의 이름은 미리 정
해지지 않는다. 간이역이나 통과역도 마찬가지다. 인생열차
의 역사驛舍는 기차가 도착하는 순간마다 이름이 정해지기 때
문이다. '불행'이라 쓰인 역을 통과하기도 하고 사랑과 미움의
역을 지나가기도 한다. 가끔 폭풍우와 눈보라도 뚫고 지나야
하고 어둠의 터널도 지나가야 한다. 제2막의 인생여정을 끝내
고 무사히 종착역에 이르려면 '여행의 채비'가 단단해야 하는
이유다.

작가가 가진 마음의 채비는 어떤 것일까? 제2의 행복여정
을 채비 중인 작가의 마음이 어떤지 수필집 '채비'의 앞뒤를
오가며 내 나름으로 퍼즐을 맞추어 보았다. 무리한 짜맞춤이

긴 하지만 나로선 재미난 아기들 놀이와 같았다.

3부의 '행복을 배워 보셨나요?'는 '행복수업' 연수를 받으며 작가가 느꼈던 감상의 글이다. 행복이란 말처럼 설명하기 복잡한 말이 있을까? 그러나 작가는 이미 행복의 비밀을 알아차린 사람이다. 카파도키아의 동굴호텔에서는 자신의 삶을 타인과 비교하지 말라는 교훈을 얻었다. 바람 같은 자연의 소리를 듣는 법과 사람의 귀함을 알고 사랑이 어떠해야 하는지도 아는 여행자이기에 작가의 옆자리에 동승한 사람이라면 그는 행운아다.

동승자에 대한 짧은 이야기가 4부 '아빠의 청춘'에 있다. 작가의 권유로 남편이 5주간의 〈아버지 학교〉를 마친 후의 일화다. 방학으로 미국에서 잠시 귀국한 딸과의 재회와 석별의 순간을 사진처럼 담았다. 세상일이란 마음먹은 대로만 되지 않는다. "좋은 아버지가 되고 싶었는데 처음에는 몰라서 못 했고, 이제 배우고 나서 하려니까 이미 늦어 버렸군." 딸의 입국장에서 포옹을 거부당한 작가의 남편이 저녁상 앞에서 뱉은 말이었다. 그러나 작가가 담아낸 마지막 사진은 해피엔딩이다. '딸이 출국하는 날 아버지는 다시 작별의 포옹을 시도했다. 이번에는 딸이 마지못한 듯 안겼다. 아버지의 얼굴엔 숙제 하나 해결했다는 안도감 같은 환한 미소가 번졌다.' 자가의 권유로 〈아버지 학교〉를 졸업하지 않았다면 놓칠 뻔한 장면이었다.

　작가는 '여행의 미학'을 아는 사람이다. 수필집 '채비' 1부에 쓴 작가의 글 일부다. '여행 계획이 현실로 다가올 때의 기분은 행복 그 자체이다. 출발 날짜가 정해지면 몸은 바빠지나 표정은 반짝거리고 마음은 흥얼거림으로 춤춘다. 여행 가방을 몇 번이나 열었다 닫았다 하면서 일상 탈출에 대한 달콤한 기대를 하는 것도 행복이다……. 여행은 봄이다. 겨울 동안 꽁꽁 얼었던 얼음이 녹아 대지를 적시듯이 여행은 굳어진 사고를 유연하게 풀어 주는 봄과 같은 것이다. 우물 속에서, 일상에서 자신을 옭아맸던 신념이나 삶의 방식들이 또 다른 세상을 만나면서 유연해진다. 자신이 옳다고 여겼던 굳은 신념들이 우물 안 개구리의 생각이었음을 깨달을 때가 있다.'

　오랜 기간 직업인으로서의 굳어 버린 삶의 방식과 신념을 의심하는 일은 쉽지 않다. 자신도 의식하지 못하는 사이에 번데기 각질 안에 안주해 살아가는 사람이 대부분이다. 우화등

선 羽化登仙의 경지는 그냥 얻어지는 건 아닐 것이다. 번데기 껍질을 깨는 용기와 아픔을 견뎌내야만 비로소 삶은 승화되고, 그 희열을 맛볼 수 있으리라. 자신이 옳다고만 생각했던 미혹의 신념을 깨부수는 순간 맛보는 행복이다. 작가는 그러한 인생 2막의 여행을 소망하고 있는 게 아닐까?

2부의 글, '프란치스코의 영성을 배우며'는 재속 프란치스칸으로 살아가는 신앙생활의 일단을 보여 준다. 제주시 한림읍 이시돌 피정센터에서 하룻밤을 지내며 쓴 감상의 글이다. 재속 프란치스칸으로서 어떻게 살아야 하는가에 대한 질문에 스스로 답을 찾고, 어떻게 하면 프란치스칸 영성을 통해 영적 배고픔을 채울 수 있을까를 고민한다. 작가의 글을 옮겨 본다. '인생은 배움의 연속이다. 매일의 삶이 새롭다면 매일 배우고 성장하는 것이라고 할 수 있다. 세상변화를 뒤쫓아 가는 것도 배움이 필요하다. '세상은 변한다'는 것이 변하지 않는 진리가 되어 버린 이 시대에 변화하는 삶 속에서 어떻게 중심을 잡을 것인지 흔들릴 때가 있다. 그래서 스승이 필요하다. 세상적인 눈으로 보면 세상이 스승이 될 수 있다. 세상이 곧 현대인들의 스승인 셈이다.' 그러나 작가는 세상을 스승으로 삼지 않고 신앙적 스승, 예수그리스도와 그의 제자 성프란치스코를 스승으로 삶고 그들의 삶을 닮고자 한다. 신앙인으로 완덕의 길을 가고자 하는 작가의 모습을 엿볼 수 있는 대목이다.

신앙인으로서 작가가 채우고 비우려 하는 게 무엇인지 짐작이 갈 것 같다. 아마도 새로운 여정을 떠나서도 재속 프란치스칸의 삶은 더 열심히 살 것이다. 영적 배고픔을 채우려는 노력도 끝이 없을 것이다.

수필집 '채비'에서 작가가 이루지 못한 꿈을 읽을 수 있는 글이 있다. 1부에 있는 소제목 '디오니소스적인 삶을 꿈꾸며' 속에 담겨 있다. 작가는 카잔차키스의 묘비명이기도 한 그리스인 조르바의 외침, "나는 아무것도 바라지 않는다. 아무것도 두려워하지 않는다. 나는 자유다."로 이 글을 마쳤다. 아무것도 바라지 않는다는 욕망으로부터의 자유와 아무것도 두려워하지 않는 공포로부터의 자유!

작가는 오늘에 이르도록 40년 동안 학교에서 아이들을 가르쳤던 교사다. 이제 작가는 교육자와 피교육자의 입장을 바꿔서 새로운 배움의 여행길 채비를 하고 있다. 제도로서의 학교의 울타리를 벗어나 자유로운 세상으로 떠나는 것이다.

교육자로 평생을 살아온 천주교인인 작가 김순신은 디오니스적 삶을 동경하면서도 한편으론 그런 삶에 대한 두려움도 있다. 그리스인 조르바는 자신의 영혼을 이성의 울타리 속에 가두지 않았다. 교사로서 구도자처럼 살려고 노력했던 작가는 과연 이성의 울타리를 뛰어넘을 것인가? 야성이 이끄는 대로 자유로운 삶을 살았던 조르바, 그의 영혼이 뛰쳐나가 놀았던 이성의 울타리 밖은 도처가 악마들의 놀이터이기도 하다. 소설 '그리스인 조르바'가 그의 보스를 놀리던 것처럼 종이나 씹어 먹던 먹물친구라 놀림을 당할 수도 있다. 그러나 짓궂은 그 악마들은 자유의 친구이기도 하다. 작가는 인생 2막의 여정 속에 그들을 만난다면 어떻게 할 것인가?

신은 인간을 위한 존재인가? 아니면 거꾸로인가? 작가는 과연 성聖과 속俗을 뒤바꿀 수 있는 자유를 어떻게 얻을 수 있을까? 인간을 인간답게 하는 자유를 노래하고, 자유의 벌판에서 '춤'을 추게 될 것인가!

4.

자유의 완성을 춤으로 표현했던 소설 속 조르바의 나이는 60대였다. 조르바에게 삶의 은퇴란 없었다. '예술, 사랑, 아름다움, 순수, 열정의 춤이 최선의 삶'이란 조르바적 삶에 어찌 은퇴란 게 있을까! 소브마의 영혼은 신의 영역끼지도 자유롭게 넘나들었다. 조르바는 신이라 할지라도 인간본성의 의지를 탓하진 않을 거라고 말한다. 그러나 작가는 이렇게 넋두리처럼 말한다. "나도 그렇게 진정 자유롭고 싶다. 그러나 그건 나에게 소망에 불과하다." 작가는 여행길 어두운 밤에 기차가 궤도에서 이탈하지나 않을까 노심초사할 수도 있다. 자유란 그런 것이다.

'바람 사람 사랑과 함께, 길에서 길을 찾아' 나섰던 수필가 김순신은 이제 비로소 또 다른 여행의 '채비'를 마쳤다. 감수성 가득한 여행객 김순신은 맑은 날은 물론이고, 폭풍우가 치는 궂은 날에도 서정 가득한 길을 갈 것이다. 인생길은 한시도 멈출 수 없는 야박한 길이다. 그 누구든 떠나야 하고, 마침내 어느 날 종착역이라며 강제 하차를 당해야 한다. 종착역에 내려 개찰구를 지나서는 아무런 두려움이 없이 자유의 춤을 추는 작가의 모습을 그려 본다. 가슴 설레는 여행길, 언제나 건강하시길!

# 채비

**초판 인쇄** 2018년 8월 13일
**초판 발행** 2018년 8월 22일

**지은이** 김순신
**펴낸이** 노용제
**펴낸곳** 정은출판

**주 소** 04558 서울시 중구 창경궁로1길 29 (3F)
**전 화** 02-2272-8807
**팩 스** 02-2277-1350
**출판등록** 제2-4053호(2004. 10. 27)
**이메일** rossjw@hanmail.net

ISBN 978-89-5824-374-8(03810)
값 12,000원

· 이 책은 국가문화예술진흥회, 제주문화예술재단,
  제주특별자치도의 기금을 지원받아 발간되었습니다.